キラッキラの君になるために

ビリギャル真実の物語

小林さやか

キラッキラの君になるために

✦

ビリギャル真実の物語

ビリギャルは、奇跡の話なんかじゃない。
私がもともと頭が良かったから、できたわけでもない。

私のお母さん、ああちゃんが、小さな頃からかけてくれた
魔法みたいな言葉と想いが、
私の、「自分で生きていく力」を育ててくれたんだ。

それは、偏差値なんかよりもよっぽど価値があって、
私が見る世界を、広げてくれるものだった。

ママとパパは、先に死んじゃう。
だから、「自分で考えて、自分で決める」ができないと、
だめなんだ。

人生は、自分次第で変えられる。
どんだけでも楽しく広げていける。
私はたくさんの人たちから、それを学んだ。

だから今度はそのことを、あなたたちにつなぎたい。
これは、私からすべての後輩たちにつなぐ、バトンだ。
どうかこの本を、自分の人生に重ね合わせて読んでください。

目次

第3章 ◆ 人との出会いが世界を変えた、大学時代。 137

はじめに

物心ついたときから、ああちゃんはずっと、こう言ってた。

「さやちゃん、あなたは世界一幸せになれる子なのよ。あなたは本当に、いい子だから」

「ビリギャル」（『学年ビリのギャルが1年で偏差値を40上げて慶應大学に現役合格した話』坪田信貴著　ＫＡＤＯＫＡＷＡ／アスキー・メディアワークス）が２０１３年に出版された。この本は私がモデルなのだが、この本が出てからずっと、「なんで私だったんだろう」って思ってた。絶対無理だと言われても、こんちくしょうで頑張って、一生懸命勉強して、いい大学に入った人なんて、たっくさんいるのに、なんで私だったのかな、って。

私は、人よりできるものとか、なにか超詳しいことも別になかったし、運動神経はまあまあ、カラオケは好き、ダンスは苦手で恋愛体質で、学校の先生からは嫌われて、将来の夢とか別に何もない。まあ、適当にどっかで働いて、好きな人と結婚して、子ども産んで家庭を持つんだろうな。そんなふうに思ってました。

でも、高校2年のとき、弟の代わりに行った小さな塾の面談室で、ワクワクさせてくれるオトナにたまたま出会った。その人は、私の話をちゃんときいてくれる、初めてのオトナでした。その人が、「けいおう」っていう大学に、君みたいな子が行ったら、ドラマチックだよなあ、とうれしそうに、言ったんだ。

「けいおう」って、「嵐」の櫻井翔（さくらいしょう）くんが行ってるとこだ。なんだ、そうか、私だってそういうところに行ったっていいんだ、って、そのとき初めて気がつきました。それで、その塾に毎日通うことと、「けいおう」ってところに、現役で合格することを、自分で、決めた。

ああちゃん（母）は全力で応援してくれたけど、くそじじい（父）や学校の先生たちはみんな、ふざけたこと言うなって、すっごくキレてた。でも、私は本気でした。だって、人生楽しくしたいんだもん。もっといろんな人に出会いたいし、広い世界に、出てみたい。いい大学に行きたいとは全然思わなかったけど、「けいおう」ってところは、なんだかとっても、キラキラした世界が待っているような気がしてた。

そして、とにかく、坪田先生との話が面白くって、ああ、こんなオトナになりたいなあ、この人、人生楽しそうだなあ、って毎日、思ってた。頑張るって、なんかださいし、面倒くさい。でも、人生は楽しいほうがいい。そう思ってた高校生の私が、坪田先生との会話の中で見た景色は、なんだか、とってもキラッキラだった。だから、1日15時間、机に向かって暗記しまくって、もう、めちゃくちゃ死ぬ気で頑張って、慶應義塾大学に入りました。

ちなみに、やってる途中で何度もやめたいって思った。なんで慶應なんて目指しちゃったんだろう、って。こんなに勉強してるのに、偏差値は全然上がらない。模試の判定もよくならない。もうやめたい。私もみんなと遊びたい。勉強なんかやっぱり、したくない。つらくて、いっぱい泣いた。くらーい日記も、いっぱい書いた。

でも、(このあとに続く本編にいろいろ書いたから、はしょるけど) いま思う。あのとき、頑張って、ほんとによかった。だって、たった1年半の努力で、人生、こんなに変わっちゃうんだもん。

死ぬ気で何かを頑張るって、人生でそう何度もできない (少なくとも私はそんなに何度もしたくはない)。でも、死ぬ気で何かを頑張ったその先で見た景色は、思っていた以上にキラッキラだった。出会う人も行くところも全部、高校生のときの私には想像もできないくらいに。

そして、「ビリギャル」って呼んでいただけるようになって、さらにたくさんの経験をさせてもらいました。その中で、いろんなことを感じ、いろんなことを知り、いろんなことを学びました。

「ビリギャルのおかげで人生変わった」「私も、ワクワクできる夢を持ちたい」「子どもを、信じてみようと思いました」。本当にたくさんの後輩たちと、親御さんや、先生たちから、そんな声をたくさんもらった。そのたびに、「ああ、あのとき、頑張って本当に良かった」と思うのです。ビリギャルを通して、多くの方の人生に、少しだけ、関わることができました。これは、慶應合格についてきた、とんでもなくでっかい予期せぬおまけでした。

私は、ついこの間、31歳になりました。そう、ビリギャルはもう結構オトナになっているのです。30年間生きてきて、皆さんに知っていただいているビリギャルストーリーは、間違いなく私の人生を大きく広げてくれるものにはなったけど、それでも、それは私の人生のほんの一部にすぎません。大学受験後、私の世界はどんなふうに広がったのか、それからまたどんな運命的な出会いがあって、その出会いは今の私にどう影響しているのか。振り返ってみると、すべてがつながっていて、すべてに意味があったように思います。

だから、大人になったいまだからこそ、わかること。元スーパー劣等生だった私だからこそ、共感できること。後輩たちに伝えたいことを、ここにまとめることにしました。

どんなことがあっても、やっぱり私を信じ切ってくれている母ああちゃんは、私の人生のロールモデルです。母がしてくれたことは、暗記しまくって慶應に行くことよりも、よっぽど大変で、長期的で、つらくて、泣けてきて、みんなに理解してもらえなくて。でも、世間体とか見栄とかそんなのもういいや、って捨てちゃって、私たちへのでっかい愛、それだけで、私たちの未来を想って、命をかけてしてくれたことです。

「ワクワクすることを自分の力で、見つけられる人になってほしい」

その、たったひとつの願いを込めてしてくれた子育ては、とても孤独で忍耐のいるものだったと思うけど、そのおかげで私の人生は、たくさんの出会いと原体験に恵まれて、すこしずつ、明るい方向にひらけていったんだ。

昔は大っきらいだった父は、今ではよき理解者です。やっぱりわが家のスーパーマンです。ずっとああちゃんをいじめる悪者だと思っていたけど、父はただ、まっすぐな優しさを伝えられない不器用さと、理解されない寂しさと闘っていたんだろうなと、この年になってやっとわかった。なんだかかわいくない娘を、長らくやってしまったなあと、もっとパパと、たくさん話せたらよかったなあと、反省してる。だからいま、その分いろんな話をたくさんしてます。

私に負けないくらい、たびたび問題を抱えて帰ってきていた弟と妹も、今では立派な社会人となり、頼れる存在です。昔は「呪われた家族」と言われた私の家族は、ほんとにとってもたくさんの時間がかかったけど、今、みんなで一緒に食卓を囲んで笑いあえる家族に成長しました。

ビリギャルは、単なる受験の話じゃない。家族の愛の物語でも、あるのです。どんな家族も、最初から完璧なわけじゃない。ちょっとずつ、成長していけばいいんだ、と私は私の家族に教えられました。

これは、ウエディングプランナーの仕事をしていてとても感じたことだけど、どんな家族にも、その家族にしかわからないストーリーがある。同じように、私の家族にもストーリーがある。それを今回、ここに書きました。「ビリギャル」の中にはない、その先のことも。これからのことも。

私の人生を皆さんに知ってほしくて、この本を書いたわけではありません。でも、「どうして私だったんだろう」という問いに対する答えを、「ビリギャル」を通じて出会った多くの後輩たちが教えてくれたんです。

そこには、私の使命がある。ビリギャル、と呼んでいただけるようになった、使命が。「ビリギャルで人生変わった！」そういうたくさんの声が、私にもう一度、頑張る勇気をくれたんです。

私がこれまで生きてきた時間のなかで、多くの素晴らしいメンターに、友人たちに、パートナーに、教えてもらったこと、学んだことを、今度は私が、後輩たちに伝えたい。ほんのちょっとしたことで、人生は大きく変わっていく。私の経験談の中に、多くの、人生をちょっと楽しくできちゃうヒントを、ちりばめています。ぜひ、面白がって拾ってください。

どんなときも、「さやちゃんは絶対、大丈夫」って、信じ切ってくれた母。わかりにくい優しさで、ずっと見守ってくれた父。ワクワクするものに飛び込むってどういうことか、背中で教えてくれた坪田先生。生まれつきの才能だけでは、ひとりでなんかじゃ、こんな人生になってなかった。

次は私が、後輩たちにとって、そんなオトナのひとりでありたい。オトナになるって、なんか楽しそうだ！　そうやって、目をキラッキラに輝かせて生きていく後輩たちが、ひとりでも、増えますように。

カバー写真　中川正子
ブックデザイン　鈴木成一デザイン室

第1章 ◆ これがビリギャルの真実です。

私は自分がきらいだった

高校生までの私は、将来の夢とか、人よりできるものって、なにもなかった。小さなことでも、だれにも負けないこと、欲しかったけど、なんにもなかった。虫でも、電車でも、アイドルでもなんでもいい。何かに夢中になれる人がうらやましかった。

弟は野球が上手だったし、みんなに小さいときからたくさん遊んでもらえていて、うらやましかった。妹は冗談を言うのが上手で、みんなを笑わせるのが得意で、ダンスもうまくて、うらやましかった。私には、なにもなかった。得意なことも、人に自慢できることも、たくさんの人に褒めてもらえることも、なにも。

友達ともうまく付き合えなかった。あの子みたいに、なれたらなあ。小学校を卒業するまでは、そんなふうに卑屈になって過ごしていました。私、もっと楽しい人生送りたいのに。こんな自分、きらい。もっと人気者になりたい。もっと、はきはきしゃべれるようになりたい。そんなふうに、人と自分を比べては落ち込んで、そんな自分が本当に、いやだった。

なんでこんなふうに生まれちゃったんだろう。生まれ変わったら、男の子がいい。もっと明るい性格がいい。毎日全然楽しくなかった。学校行くのが嫌で、朝なかなか起きれなかった。でも、ああちゃんは毎日私にこうやって言うんです。「さやちゃんは世界一幸せになれる子なのよ」って。

うん、そんな気がする。と物心ついたときからずっと自分でも思っていた。小さいときから母が呪文のように毎日私に言ってくれた言葉。想像してみてほしい。毎日こう言われていると、本当にそう思い込んできてしまう。母は無意識に、私に強烈なメッセージを刷り込んでいたことになる。ある意味すごい策士かもしれない。

うん、私は必ず、幸せになれるはず。でも、そのわりにはなんか毎日楽しくない。私の人生、こんなはずじゃない、と小学校のときの私はモヤモヤして生きていました。

キャラ変に成功

そんな私を変えてくれた最初の原体験は、中学受験でした。小学校のときも、勉強はきらいだった。だって、できないんだもん。できないものって、きらいになる。当たり前だ。つまらないし、できないし、好きじゃない。でも、公立の中学に上がったら、また私は、今までの私を知ってる子たちと同級生にならなくちゃいけない。また3年間、何も変わらない。それだけは、嫌だった。

だから、今までの私を知ってる人がだれもいない世界に行きたかった。そこで新しい自分になりたい、と小学校６年生の私は真剣に考えた。そのためには、両親に頼んで引っ越して学区を変えてもらうか、中学受験をして私立の中学に入るか、どっちかしかなかった。引っ越しはできない、ということだったので、残された選択肢は中学受験しかなかった。

よし、と私は自分の意志で中学受験をするって決めた。ああちゃんも応援してくれた。「さやちゃんだったら、絶対、大丈夫だよ」そう言って、いつもああちゃんは私が決めたことを応援してくれる。私は、小学校6年生の数か月間、死に物狂いで大嫌いな勉強を頑張った。算数と国語の2教科。自分の世界を変えるためだ、違う世界に行くんだ。私はそればっかり思って頑張った。

私の父は、（大人になってから知ったのだが、結構本当に家計が苦しかったらしいんだけど）できれば、中学も公立の中学に行ってほしい、と思っていたようで、「ここかあそこだったら、学費出してやる」と言った。そのときの私には無理だろう、と父も思っていたレベルの私立の中学の名前をふたつ、言った。私はその2校の過去問を取り寄せて、夜遅くまで勉強した。

受験するって決めて当時名の知られた塾に入った。レベル別に教室を分けられるのだが、私は一番下のクラスだった。先生も、「そこは君のレベルじゃ無理だろう……」という感じだった。でも、そこに受からないと公立に行かされちゃう、と思って、必死で頑張ったら、なんと、そのうちのひとつに受かっちゃった。

ちなみにもうひとつ、私がこの中学受験を頑張れた理由がある。それは、「もう一生勉強しなくていい」という最高にイケてる特典が付いてくることだった。私の志望校には、推薦をもらってエスカレーターで上がれる高校と大学がくっついていた。ここに入っちゃえば、もう一生勉強しなくても大人になれちゃう、と知っていた。だから、これに受かったら勉強は一切やめて、キャラ変に専念しようと決めたのだった。私の人生で勉強するのはこれで最後だ。今度こそ、クラスの人気者になって、楽しい毎日を送るんだ！　と意気込んでいた。そして、それを私は執念で叶えたのだった。

これが、私の記憶の中で一番最初の、でっかい成功体験だ。一生懸命頑張って、それが実った、というこの経験は、すごくすごく大きかった。

大きらいな勉強は、（大学受験も同じことになるのだが）私にとっては手段に過ぎなかった。自分の世界を変えるための手段。毎日好き好んでやるものではない。なので、私は中学受験を終えた瞬間、計画どおり、勉強は「卒業」した。そして予定どおり「キャラ変」に勤しんだ。

小学校のときに「あんなふうにできたらいいなあ」と密かに憧れていたムードメーカー的存在のクラスメイトみたいにふるまってみることから始めた。まあ、モノマネみたいなもん。でも、それまでの私を誰も知らないので、「あいつ、いきなり明るくなって、なんかきもいな」とか陰口言われる心配もなかった。だから、それまで「こうなりたいな」と思っていた妄想の中の自分をいかんなく発揮できて、私は、見事、キャラ変に成功した（私、妄想癖があるかもしれない）。

こうして私は、クラスの人気者の部類に無事、入れた。両親がびっくりするくらい、はきはきしゃべるようになった。父が、「なんだ、さやか最近、雰囲気変わったな」と言ったのを覚えている。楽しい人生が、やっとここから始まった。「なんだ、人生なんて自分が頑張れば望んだとおりに変えられちゃうんだ」このときの成功体験が、私の人生と、私自身を大きく変えることになった。

ブンブン丸

中学に入学し、見違えるほど明るくなった私は、勉強そっちのけで、毎日楽しく友人たちと過ごした。中学のときはソフトテニス部に入っていた。勧誘してくれた先輩たち（女子）がかわいくてかっこよかったから、それだけの理由で、友人たちと入部した。

3年生の先輩たちがとにかく大好きで、毎日部活が楽しかった。運動神経もわりとよかったのでテニスもわりかしすぐに上手になった。靴下焼けができるくらい、休みの日も毎日練習して、休み時間はみんなでおしゃべりしたり、百人一首をしたり、健全な毎日を過ごした（私もすぐに派手になったわけじゃないのだ）。

私がいたソフトテニス部は、中学生と高校生に分かれていて、高校生の先輩たちはみんな髪が短くて、真っ黒に焼けていて、めちゃくちゃテニスがうまかった。県大会とかで優勝を目指すほど、上手な人しかいなかった。その先輩たちは、私たち中学生からしたらもう雲の上の存在で、隣のコートで練習している先輩方のほうに間違ってボールを飛ばしちゃったりなんかしたら、めちゃくちゃ走って謝りにいかなければいけない空気感だった。

謎のルールがあって、先輩方の前では座っちゃいけないし、しゃべっちゃいけない、何かを飲んだり食べたりもしちゃいけない。一番謎だったのは、先輩がひとりでも同じ電車に乗っていたら、全速力で走って一番後ろの車両まで行って、乗る。というものだった。初めてそれを知ったとき、「なんで？」って言った。ひとつ上の先輩が言った。「ルールだから」そのときは、へえ、と思ったけど、意味わかんないな、と思った。

部活に慣れてきて、最初は一応、私もルールを守ってはいたんだけど、ある日高校の先輩方（雲の上の人）と話す機会があって、なんだか気に入られた。
「お前、おもしろいな」となって、気づいたら私だけ先輩たちの中に混じって座って
おにぎりを食べたりするようになっていた。電車で先輩を見つけたら、せんぱーいと
走って行って、隣に座って乗っていた。そんな私を見て同級生たちは「さやか……」
とあきれていたが、私が先輩たちと仲良くなったことで同級生たちも仲良くなった気
がした。

私、こういうの好きだ、と思った。意味ないルールを変えたり、人と人とがつなが
ることが好きだ。楽しいほうがいいじゃない、とシンプルにそう思っていた。ソフト
テニス部時代も、こんなふうに、お気楽に楽しんだ。全力でラケットを振りまくって、
いつもラインを越えるくらいボールを飛ばしまくるのでブンブン丸と呼ばれていた
（全然試合に勝てない）。

大好きな3年生の先輩たちが卒業しちゃって、私が2年生になった。その途端に、
私のモチベーションがめちゃくちゃ下がってしまった。そう、私ってすごく感情屋さ
んだから、めちゃくちゃ単純なことでモチベーションがすぐ上がったり下がったりす
る忙しい人間なんだ（これは長所でもあり短所でもあると自負している）。

同時期に、同じクラスになったえりこ（ヤンキー小学生だった）っていう派手な子と

仲良くなって、私も少し色気づいてきた。

髪の毛染めたいなあ、部活行かずに、カラオケ行きたい。スカートもっと短いほうがかわいくね？　となり、私はどんどん変わっていった。「さやか最近派手になったよね」と友達たちに言われ始めたのがこのころだ。

まわりはみんな遊んでいて、私だけ部活が休めないのが嫌で、部活をやめようかと迷っていたら、ここまできたら引退（中学3年の夏）まで頑張ろうよ！　と同級生たちに止められ、思いとどまっていた。「引退まであと何日」という日めくりカレンダーを家でつくってめくっていたくらい、引退が待ち遠しかったけど、なんとか続けた。

そして部活の友人たちと、無事、ソフトテニス部を引退した。

キラキラな毎日

やっと部活から解放された私は、いままで貯めてあったパワーを爆発させるかのように遊んだ。とにかく毎日友達と街に繰り出し、夜まで（ときには朝まで）遊んだ。楽しくて楽しくて仕方なくて、家に帰りたくなかった。友達とずっと一緒にいて、夏は海とバーベキュー、冬はスノボ。スーパー銭湯とクラブとゲーセンとカラオケは年中通い詰めた。泊まるところがないときはカラオケでオール、合コンもこのころからたくさんした。

初めての彼氏ができたのも中学校3年生だった。ひとつ上の先輩と付き合った。彼は高校をやめて、定時制の高校に通っていた。彼がすること全部、なんだかかっこよく見えた。彼のおさがりの男子校のスクールバッグを持って登校した。完全に、調子に乗っていた。そんな毎日を、寝る間を惜しんで過ごした。夢みたいな毎日だった。

私が通っていた学校は、「ギャル」とか「ヤンキー」とかはあんまりいない、わりとおとなしめな子が多い女子校だった。毎年派手な子たちは出てくるけど、それでも一部だ。だから、派手な子たちは目立つし、つるむ。先輩後輩も、部活とか一緒じゃなくても、派手な子たちだけつながりが自然とできる（男関係でもめると大変）。

だから、先生たちは一生懸命取り締まりをした。大部分のおとなしい子たちに悪影響を与えまい、と、学校の評判を下げまい、と派手な子たちの取り締まりを頑張っていた（その成果なのか、最近では派手な子は本当にひとりもいなくなって、学校の偏差値も上がったらしい）。

私は、自分のことをギャルだと思ったことは、ちなみに一度もない。私の中でギャルとは、昔「egg」という雑誌が流行っていたんだけど、ああいう雑誌にのってる方々のことを言うんだと思っていた。

髪の毛はいろんな色をしていて、目のまわりは真っ黒なんだけど、唇は白い、そういう人たちだ。私は所詮、ギャルに憧れてたけど学校も厳しいし、ギャルになりきれない中途半端に派手な高校生でしかなかった。日サロに行っても、顔は焼かない（しみになるから）中途半端さだ。メイクを落とすと、顔だけ白い、みたいな感じだった（ファンデーションは黒いのを使って帳尻合わせた）。むしろ当時たしか、「ＣａｎＣａｍ」とか買って読んでいたので、わりと清楚系だと思っていた。

行きと帰りの校門点検

学校で、校門点検というのがあった。毎朝校門で先生が立っている。どの学校にもいると思うんだけど、「見つかったら絶対やばい先生」っていうのが、私の学校にもいた（だいたい体育の先生。なかでも竹刀持ってる先生はまじでやばい）。あと、生活指導の先生。これはもう、絶対に関わりたくなかった。

しかも、私を見つけるととりあえずいろいろ点検してくる先生が多かった。なので、学校まで行って、校門にだれが立っているかを遠目に確認して、「あ、これはだめだ」と判断した日は、そのまま別のルートで学校から遠ざかり、マック（マクドナルド）で時間をつぶした。遅刻になるけど、しょうがない。あそこで捕まって、髪の色とか、ピアスとかばれたら大変なことになる。私や私の友人たちはスカートを短く切っていたので、これがばれるとまずかった。今思えばなぜたいしたことないことで、あんなに毎日怯えていたのだろうと笑えてくる。

ちなみに、共学の女子高生は毎日髪もしっかり巻いて化粧をして登校してくるんだけど、私の学校は女子校だったので、その必要はなかった（男子がいないから）。なので校門点検では化粧で捕まることはなかった。

問題は、下校のときだ。私たちはいつも、徐々に、完成形へと近づいていく。その時間の先生によるけど、授業中に化粧をしててもなにも言わない先生もいるし、絶対ダメな先生もいるので、毎日時間割と相談だ。だいたい毎日街に繰り出す予定がびっしりだったので、昼休みくらいに本気出し始めて、下校時にはだいたいたい完成している。ばっちりな化粧と、髪の毛はコテでぐるぐる巻きに（後頭部は逆毛たてまくってもりもりに）。なにも言わない先生の授業がある日はホットカーラーを頭のてっぺんにのっけて授業を受けていた（先生ほんとごめんな、今とっても反省しているよ）。

教室の後ろについているロッカールームで支度をする日も多かった。私は髪の毛を巻くのが得意だったので、デートに行く友達が「さやかー髪まいてー」とよく来ていた。サヤカ美容室は無料で不定期で開店していた。

授業中はというと、朝ご飯食べてきたのに、なぜか2限終わりくらいで腹が減る。なので、ああちゃんが持たせてくれたお弁当を、ないときは購買のパンを買って、昼休みを待たずに食べる。先生が優しいときは、授業中に食べた。

あとは、友達と手紙を交換しまくっていたので、毎日メモ用紙にたくさん手紙を書いて、休み時間にみんなと交換する（いまみたいにラインとかないから、手書きで手紙交換をしてた）。あとは、プリクラ帳を作りこむ。友達にあげるプリクラを用意する。寝る。わりかし、授業中はやることいっぱいあって忙しかった。

このように、自慢じゃないけど、中学入ってから真面目に授業を聞いたことは、ほとんど一度も記憶にない。たまに気が向いて聞いてみようとはするものの、さっぱりわけがわからなくて、眠気が襲ってきて、寝ちゃうんだ。先生たちの話も面白くなかったし、何言ってるか聞き取れない先生もいた（そういう先生の授業は私だけじゃなくてみんな寝てた）。

こうして振り返ってみると、先生たちをなめ腐っているとしか思えない。本当に申し訳なかった。そんなこんなで、先生たちからは逃げまわる毎日だったけど、でも楽しかった。私にはたくさん大好きな友達がいた。派手な子だけじゃなくて、おとなしい子たちも、みんな好きだった。きらいな子は特にいない。クラスの子も、ほかのクラスの子も、他校の友達もたくさんいて、私の毎日はハッピーだった。

「大人はみんな腐ってる」

そんなある日、あれは中学校3年生のときの秋くらいだった。部活もやめて、はっちゃけて遊んでいた私のところに、6限の授業が終わると、先生（たしかそのときの担任だった）がやってきて、「かばんを持って、ついてこい」と、どこか軽蔑したような目で私を連行した。

かばんの中には、煙草が入っていた。やばい、煙草だけはどこかに隠さなくちゃ、と焦ったが、もう遅かった。先生は、私が煙草を持っていることを知っているようだった。トイレにも行かせてもらえず、先生が私を見張るようにして、職員室の隣にある小さな部屋に入れられた。

そこには私が避けてやまない生活指導部長の大っきらいな先生が待っていた。持ち物検査をされて、煙草が出てきた。現行犯逮捕みたいな感じだ。現物が出てきちゃったからもうどうしようもない。私は無期停学処分（学校から許可が下りるまで学校には来るな、という処分）を言い渡された。「ああ、私の人生終わった」と思った。

「どうしてお前が煙草を持っていること、俺が知ってたか、わかるか?」とその先生が私にきいた。でももう私は、口がきける状態じゃなかった。寒くないのに、体が震えてくる。なんかとても、怖かった。

「お前、あいつのこと大親友だと思ってるだろ? でも、その大親友がお前の名前を教えてくれたんだよ。お前、あいつに売られたんだぞ?」

何言ってるか、わからなかった。ああ、もう死にたいなあって、ただずーっとそう思ってた。何で私ばっかり、こんな目にあうんだろう。何か悪いことしたかな(してたけど)。次に先生が私に言ったことで、余計震えが止まらなくなった。

「だからお前も、他に煙草を持ってる奴の名前を今ここで、言え。そうじゃないと今日は帰れないぞ」

なんなの? この人たち。悔しくて、むかついて、涙が止まらなかった。こいつら終わってると思った。絶対こんなやつらのいいなりになんてなるもんか、と思って、私は黙秘を通してそこにじっと座ってた。

黙秘を通しながら、いろんなこと、考えた。本当にあの子、言っちゃったのかな? きっとこんなふうに脅されて、怖くて言っちゃったのかな。そしたら、仕方ないかな(今でも、本当にこの子が言ったか言ってないか、はたまた別のだれかが言ったのかだれも言ってないのか、真実はわからないけど、今思えばそんなのマジでどうでもいいしだれかが言ってくれたんだったら感謝したい。この出来事がなければ、今の私はないと、本気で思ってる。人生の恩人と言っても、いいくらい)。これから私どうなるのかなあ。退学になったら、どうしようかなあ。ああちゃん、悲しむだろうなあ。おやじはブチ切れてくるだろうなあ、近所の人たちはどんな顔すんのかな、あの子は、もう口きいてくれないかな、私また、友達なくすのかな。

スーパーネガティブ思考でいろんなことを想像しては、泣いて。このまま走って逃げて、だれにも見つからない場所に行って、野たれ死にたい、と本気で考えていた。そしたらこの人たち、こんなやり方をしたこと、少しは後悔するかな。

呼び出しはチャンス

あまりに私が口を割らないから、先生が私の家に電話をした。「お宅の娘さんが、煙草を所持していたのが見つかって、今話をしています。お母さんも来てください」多くのお母さんたちはこんな電話かかってきたら、どんな気持ちになるだろう。私なら、恥ずかしい、とか迷惑かけて……とあきれたり、怒ったり、するんじゃないかな、と思うんだけど、ああちゃんは違ったらしい。

ああちゃんは、学校からの呼び出しは、チャンスだと思っていた（これは何年もあとに聞いた話なんだけど）。「さやかが、仮に何をしても、どんなことがあっても、ああちゃんはさやかの味方でいるよ」ってことを、私に知ってもらう、いいチャンスだと思ってた。私だけじゃない、弟のときも妹のときも、同じだった。学校からの呼び出しはチャンス。だから、このとき電話がかかってきて、ああちゃんは「よし！」って意気込んで、学校に来たんだって（ほんと、すごい人や）。

ああちゃんは、飛んできて、部屋に入ってきて急いで謝った。「娘が、申し訳ございませんでした」

私は、ああちゃんの顔を見れずに座っていた。さすがのああちゃんも、怒るかなって思ってた。少なくとも信じてくれてたああちゃんのことを裏切っちゃって、なんか後ろめたい気持ちがした。

私はばれてないと思っていたけど、ああちゃんは、とっくに気づいていた。でも、煙草はやめなさい、と言ったって、取り上げたって、この子はきっと煙草をやめることはしないだろう、とわかっていた。ああちゃんは、命令文で人の行動を変えることはできない、ってことを知っていた。だから、「この子ならきっと、自分で気づいてくれるときが来るはず」と、ああちゃんは信じて待ってくれていた。そんなときの、呼び出しだった。

うつむいて上を見ない私の隣で、ああちゃんはこう続けた。

「でも先生、こんなにいい子、いないと思いませんか？」って。先生はあぜんとしてる。

「先生のおっしゃるいい子、というのは、髪の毛が真っ黒で、スカートが膝下10センチ以上長くて、校則を破らないで、お勉強ができる、そういう子だけがいい子だとおっしゃるのであれば、うちの子はもう、悪い子で結構ですし、退学でもいいです。でもこんなにいい子、他にいません」ときっぱり、言った。先生は、すごく何か言いたそうな顔をしてた。でも何も、言わなかった。

このときの母の様子を今でも覚えてる。「かばった」とかじゃない。一生懸命、訴えてくれた感じだった。「先生はどうして、この子のいいところをわかろうとしてくださらないんですか？　どうしてわからないんですか？」と必死で、何度も言っていた。

それで私は、無期停学が決まって（退学はギリギリ免れた）、ああちゃんと家に帰った。帰りの車の中でも、怒られるどころか、「さやちゃん、よく頑張ったね。さやちゃんみたいな友達思いでいい子を、ああちゃん誇りに思うよ、ありがとう」って言ったんだ。私はこのとき、ああ、なんか、調子乗って煙草持ってた自分って何なんだろうって、くそだせえじゃん、って思ったんだ。

そしてこのとき、15歳だった私は、今後一切、ああちゃんがだれかに謝らないといけないこととか悲しむことは、絶対やめよう、って誓った。だから、私はこの中学3年生の煙草の無期停学事件を機に、立ち直った。私が本当の意味で落ちぶれなかったのは、母のおかげだ。何をするにも、母の顔が浮かんで、それが私の行動指針になった。

と同時に、ああちゃん以外の大人に心を閉ざした。この世代の子って、ほとんどの子がそうだと思うんだけど、めっちゃ狭い世界で生きてる。まわりにいる大人なんて、親か学校の先生か、バイト先の人くらいだろう。私もそうだった。だから、ああちゃん以外の大人はみんな、腐ってる。と思って、パタン、と心の扉を閉めちゃった。

高校進学もやめようかと思った。先生からも、何度も脅された。「お前このままだったら、高校の推薦もやらないぞ」「いいよ、いらない」と言うと、「じゃあお前どうするんだ？　お前みたいなクズを、受け入れてくれる学校が他にあると思ってるのか？」

確かに、中高エスカレーターでみんな進学する中で退学になっていると、その先、大変な道を進まなきゃいけなくなることは、私にもなんとなくわかっていた。だから、悔しいけど、高校は推薦をおとなしくもらったほうがよさそうだ。

でも、大学は行かずに、働こう、とこのとき決めた。この学校に、無駄にお金を払うのがバカらしい、と先生の対応が許せなさすぎて、思ってしまったのだった。

そして、ああちゃんみたいな、優しいお母さんになりたい。大学は行かずに働いて、早く結婚して、お母さんになる。それがこのとき、私の夢になった。

「君、東大とか興味ある？」

そんな私が、どうして大学受験をしようと思ったか。ビリギャル著者・坪田信貴(つぼたのぶたか)先生との出会いが、私の人生を大きく変えた。

坪田先生は当時、私の家の近くの個人塾の一講師だった。私は別に、塾に通うつもりなんかさらさらなかった。なんだけど、たまたま、私の弟がグレ始めていた。ああちゃんは、弟が野球をやめたいんじゃないか、と敏感に何かを察知して、野球なんてやめちゃって別のことやってみたら！　といろんなことを提案していたときだった。バドミントンはどう？　水泳は？　そのうちのひとつが塾だった。

弟に提案するために、母がたまたま坪田先生がいた小さな塾のパンフレットを持って帰ってきていた。しかし、弟がすんなり塾に通うことなんてあるわけがなく、それがスライドして私に来た。

「さやちゃん、面談の予約先走ってとっちゃったんだけど、代わりに行ってあげてくれない？　通わなくてももちろん、いいからさ」

当時の私は、本当に毎日忙しかった。毎日友達と予定がびっしり。カラオケのオールや合コン、クラブのイベント、プリクラ三昧と大忙しだ。でもその日、友達にドタキャンされたかなんかで、たまたま暇だった。「ああ、いいよ」と軽い気持ちで弟の代わりに、面談に行ったのだった。

坪田先生に初めて会ったときのことを今でも鮮明に覚えてる。「なんかやたらとニコニコしてる人だなあ」と思った。なんかそれがすごい不思議だった。だってそれまでは、まわりの大人は基本、私のことをしかめっ面で見てくる人ばっかりだったから。だから、なんでこの人こんなにうれしそうなんだろう、と最初思った。

「こんにちは！」と言われたんで、「こんちは」と返した。そしたら、「お！　いい挨拶だね‼」とめちゃくちゃ褒められた。なんだこの人、と余計不思議に思ったが、悪い気はしなかった。

それで、面談室の椅子に座らされて、いろんな話をした。だいたい、私が話してた。

だって、「さやかちゃん、そのまつげ、どうなってんの？　なんかひじきみたいに見えるんだけど」とか言ってくるから「いや、これさっき授業中マスカラ１時間塗り続けてつくってんだから、ひじきとか言わないでよ！」となって、「お腹出てるけど、冷えない？」とか「そんな髪の色で学校に怒られないの？」とか、いろいろ聞いてくるから、この人まじ大事なこと何も知らねえんだな、と思って、いろいろ一生懸命教えてあげた。ジャニーズのこと、友達のこと、元カレのこと、家族のこと、いろいろ話した。多分、２時間くらい話してたと思う。

坪田先生が私に爆笑しながら、こう言った。「君、超面白いね。東大とか、興味ある？」東大……とうだい……といえば、なんかブサイクな、話つまんない男しかいないんじゃないかと思って（めちゃくちゃな偏見）、「興味ない」と答えた。

そしたら先生はどこかうれしそうに、「じゃあさ、慶應ボーイって聞いたことない？慶應はどう？」と言って来た。「慶應ボーイと言ったら、櫻井翔くんじゃゃん！」と思って、「おお！　イケメンいっぱいいそう!!」となった。

「じゃあ、君は慶應に現役で合格する。いいね？」となって、私はなんだか、ふらっと弟の代わりに来た塾で、なんだかなんでも話を聞いてくれるちょっと変わった大人に出会って、なんだかわからないうちに「けいおう」っていう東京の大学を目指すことに、なんか、なった。

「明日から毎日塾に来れる？」と言われたから、「明日は来れるけど、明後日は無理。カラオケのオール入ってるし、来週はクラブのイベントがある。夏休みだから忙しいんだよね。来年は遊ばないから、最後に今年は遊ばせて！　お願い‼」とプリクラでベタベタのスケジュール帳を見せて、懇願した。

「わかったよ、じゃあ来れる日は毎日来て。その代わり、僕がやって、と言ったことは必ずやってくると約束できる？」と言われたから、「わかった！　絶対約束する‼」と誓った。

　多分、このときの私の目はキラッキラだったと思う。「勉強しろ」と言われてるのと同じことなのに、めちゃくちゃワクワクしたし、うれしかった。弟の代わりに来ただけなのに、なんかすごいことを決めて帰ることになった。帰りの自転車で、にやけちゃうくらい。最高に楽しい気分だった。

　なんか、ずっと探してたものに、出会えた感じがした。私の人生、面白くなってきた！　あの人、あの坪田先生って人、明日も話してもいいなって思えるくらい、面白かったなあ。なんであんなにいろんなこと、知ってるんだろ。なんかあの人、すげぇな。今まで会ったことない、あんな人！　私は、親に相談もせずに、あの塾に毎日通うこと、そして、慶應義塾大学の現役合格を目指すことを決めて、ルンルンで家に帰った。私は、ワクワクさせてくれる大人に、このとき出会ってしまったんだ。

ああちゃんの「たったひとつの願い」が叶った日

「ああちゃん聞いて！　私、慶應に行くことにしたの！」。家に着くと、すぐにああちゃんにキラッキラの目で報告した。ああちゃんは、ちょっとびっくりした後、ああちゃんもすぐ、キラッキラの目になった。

「さやちゃん……すごいね。ワクワクすること、見つけたんだね！　おめでとう。ああちゃんとってもうれしいよ」

ああちゃんと抱き合って喜んだ。受かってもないのに、ああちゃんは、ちょっと、泣いてた。

ああちゃんは、とってもとってもつらい子育てをしてきた人だった。頼れる人もいなくて、やり方もわかんなくて、全部うまくいかなくて、泣きながら小さい私を育ててくれた。

最初は、怒って見せたり、しつけしなくちゃ、という育児書どおりの子育てをしていたみたいなんだけど、あまりにうまくいかなすぎて、ああちゃんは悩みすぎて、精神科に通っていたこともあったんだそう（ああちゃんの本『ダメ親と呼ばれても学年ビリの3人の子を信じてどん底家族を再生させた母の話』（KADOKAWA／アスキー・メディアワークス）を読んで初めて知った）。それで、途中で全部、諦めたんだって。

「もう、全部完璧じゃなくて、いいや、家事もできなくたっていい、いい奥さんじゃなくたっていい。とにかく、この子たちの笑顔に、言葉に寄り添って、いられればいい」って感じで、そのとき持ってた育児書を全部、捨てたんだって。

それで唯一、子育てのモットーにしたこと。それは「ワクワクすることを、自分の力で見つけられる人になってほしい」ということだけだった。これだけで、いい。あとはなんにもいらない。そんな気持ちで、いたんだって。だから、このとき、ああちゃんはとってもうれしかったんだと思う。このときを、待っていたんだ!! と言わんばかりに私を抱きしめた。

「ああちゃんね、さやちゃんが慶應に受かった日よりも、この日のほうがよっぽどうれしかったんだよ」。大学受験が終わって何年もたってから、ああちゃんはそうやって言った。

31歳になった今、自分がこのときのああちゃんの立場だったら、なんて言うだろう、って思う。ああちゃんが言ってくれたことって、もしかしたらなかなか言えないことかもしれない。だって、昨日まで、家で勉強してる姿なんて見たことないし、学校の成績も、とんでもないものだった。それどころか、退学になりかけてる娘。なのに、そんな娘が突然、めちゃくちゃ難しい大学に入るんだ！　と突然言って帰ってきた。普通なら……と思ってしまう。

　私が小さいときからそうだった。ああちゃんはいつも、私が自分で決めたことを否定することはなかった。今ならわかる。これってとても忍耐が必要なことだ。大人なら、「これをこのままやると、たぶん、失敗するな」とわかっていることってたくさんある。でも、ああちゃんはなんでもやらせてくれた。案の定、失敗したって、褒めてくれるのがああちゃんだった。「さやちゃん、よく挑戦できたね。偉いよ、すごいよ」って。成功したら、もうものすごく一緒に喜んでくれた。「さやちゃんすごいね！ああちゃん、さやかが本当に誇りで、憧れだなあ」って。

　そしてこのときも、偏差値は全国模試で28しかなくて、髪の毛は何度も染めてゴムみたいに伸びきっていて、目のまわりは真っ黒で、おへそ出して帰ってきた私にこう言ったんだ。

「さやちゃんなら大丈夫。ああちゃん全力で応援するからね」

くそじじい

だけど、ああちゃんは、子ども3人は大好き大好き宝物で育ててくれたんだけど、パパのことはあんまり好きになれなかったみたい。ああちゃんのカバンには、いつも、『離婚調停に勝つ方法』って本が入ってた。

長女の私は、「いや、じゃあさっさと別れろよ」と思っていたんだけど、ああちゃんは知ってた。一番下の末っ子のまーちゃんが、毎晩仏壇に手を合わせて、家族がバラバラになりませんように、って拝んでいたことを。それを見て、この子がせめて、大学に入るまでは……とああちゃんは耐え忍んでいたのでした。だから、私は、自分の両親が笑って話しているところをほとんど見たことがなかった。

私は完全なああちゃん派だったから、パパが憎くて仕方なかった。ああちゃんをいじめる、悪者だ！　と思っていた。だからよくパパと張り合った。

「ああちゃんに指一本触れるんじゃねえ！」「おいお前だれに向かって言ってんだ！だれのカネで飯食ってると思ってるんだ！」「頼んでねえから！　くそじじい！」と言って、私は家を飛び出す。それで、ああちゃんが迎えに来る。「さやちゃん、ごめんね」って。そんな毎日。家にいるのが、嫌だった。

今思えば、父はとても気の毒だったなあ、と思う。一生懸命働いて、妻と3人の子どもを養っているのに、ありがとうも言われないどころか、くそじじいと呼ばれる。なんと気の毒なんだろう。パパは、ただ、寂しかっただけだった。それに、当時は気づいてあげられなかった。

私の友達は、「あんたんち、呪われてんじゃない？」とよく言ってた。それくらいボロボロでズタズタで、家庭崩壊寸前の私の家族だった。

でも、私はあの塾に通わなきゃいけない。どうしても通いたい（パパに、お金出してもらわないといけない）。だから、ああちゃんとお願いしに行った。

「パパ、私ね、慶應に行くことにしたんだ。だから、あの塾に通いたいの（だから、お金出してくれるよね）」すると、くそじじいは言った。

「お前、バカか？　お前なんて慶應に行けるわけないだろ。お前を塾に通わせる金なんて、ドブに捨てるのと一緒だから、一銭も払わないからな！」

耳を疑った。なんてことを！　弟には、何本もじゃんじゃんバットとかグローブとか買ってくるくせに！　私の塾代はケチりやがって！　腹が立った。

大人になったから素直に言う。寂しかった。ただ寂しかった。って思う。なんでパパっていつも、私のことには無関心なんだろう。なんでいつも、弟ばっかり。悔しくて泣けてきた。

そんな私を見て、隣に座ってたああちゃんがブチ切れた。「そうですか、ではもうあなたには今後一切さやかの支援はお願いしませんので、結構です。私が責任を持って、慶應に行かせます」とああちゃんが言った。

すると、父も余計ブチ切れた。「やれるもんならやってみろ！　本当、かわいくねえ女だな」

そんなわけで、私の両親はもっともっと、仲が悪くなった。私の大学受験は、坪田先生と、ああちゃんと、2人だけが信じてくれて、スタートした。それ以外の人はみーんな、バカにしたり笑ったり、怒ったり。そんなだった。でも、それが、よかった。

episode

ビリギャル誕生秘話

２０１３年12月26日に出版された『学年ビリのギャルが１年で偏差値を40上げて慶應大学に現役合格した話』通称「ビリギャル」。この本は、私の恩師であり、当時、塾講師だった坪田信貴先生が、私の大学受験の話を書いてくれたものだ。今では１２０万部を超えるミリオンセラーにまでなり、２０１５年には有村架純（ありむらかすみ）さん主演で映画化もされ、２８０万人動員、関係者もびっくりなくらいの大ヒット作品となった。

実は、この本の出版の背景には、私の家族の転機となる出来事が深く関わっている。そもそも、この本が出版されたとき、私はもう25歳になっていた。どうして大学受験が終わって7年くらいたってから、先生は書き始めたのだろうか。それには、私の弟と妹が関係している。

私には、２つ下に弟、６つ下に妹がいる。私が言うのもなんなんだけど、私を含め3人とも、はたから見たら「出来が悪い」きょうだいで、全員平気で学年ビリの成績を取ってくるダメダメなきょうだいだった。

私の弟がまだ母のお腹の中にいるとき、性別が男の子だとわかり父は大喜び。「俺は男の子欲しかったんだよ！」と（失礼な話だな、おい女で悪かったな！）。「よし、俺はこいつをプロ野球選手にするために命をかける」と、当の本人が生まれる前に、父は誓ってしまったらしい。そうして父は、弟が生まれてくるのを待ち構えるかのようにして、野球の英才教育の準備をちゃくちゃくと進めていた。

そして待望の弟が生まれ、彼が小学校に上がるころには、めちゃくちゃいいバットとグローブ、スパイクが用意され、野球一色の毎日がスタート。少年野球クラブチームに入らされ、運動神経がよかった弟は、1番バッター、ショートを務め、エースだった。

そして、弟はキャプテンまでもを務めるようになり（ちなみに自ら志願したわけではなく父の指名で）、そのチームのコーチをなんと父が自らやる、という、なんか、どっかの漫画で見たことあるような……そんな野球熱血親子をやっていた。

一方そのころ、私はというと、人より得意なものなんてないし、自慢できるようなところもない、弟が眩しくて、羨ましいネガティブ少女。みんな弟をちやほやして、私なんてどうせ……と拗ねていた。

弟は、父が望んだとおりの道を歩んでいた。「俺の言うことさえ聞いていれば、お前は幸せになれるから。野球さえやっていれば、それ以外のことは一切やらなくていい」と言われて育った弟。その言葉どおり、素直に野球しかやらないでまあまあ大人になっちゃった弟。私以上に、お勉強ができない。

先日（彼は今もう29歳）こんなこと言ってた。「姉ちゃん、聞いてよ、この前ムカつくことがあったんだよ」。とても人に優しい弟は、人に怒ったりする子じゃないので、「どうした？」と少しびっくりしてきいた。「さすがの俺もね、ムカつきすぎて、へその緒が切れるかと思ったよ」。

へその緒がいままだついていたら、やばいぞお前、と教えてあげた。たぶん、「堪忍袋の緒が切れる」と言いたかったんだと思う。

「オレね、いつも喉ぼとけ過ぎると熱さ忘れちゃうんだよね」「のどもと、な」とか、「ねえちゃん世の中にはマイナーな人が多いよね」「マイナーな人ねえ、例えば？（マイノリティが言いたいのかな？）」「だってさ、オレがビリギャルの弟だってわかると、みんないろんなこと聞いてくるんだよ」「……ミーハーと言いたいかな？」とか。

とってもいい子なんだけどね。野球ばっかり一生懸命やりすぎたせいで、結構いろんな知識が欠如した状態のまま大人になっちゃった。とっても、いい子なんだけどね。


その弟はその後、どうなったかというと。お勉強ができないので、当然野球の推薦で高校に入学。さて、ここから甲子園を目指して頑張るのか、と思いきや、高校に入って数か月後、突然野球部をやめてきた。

「俺はもう、野球なんてやりたくないんだ」。弟が初めて父に、はむかった瞬間だった。自分より野球がうまい人なんてやまほどいるんだ。世界がちょっとだけ広がった弟は、すっかり自信をなくしてしまっていたようだった。

父は計画が狂ったことに大ショックを受けた。「どうして俺の言うことをきけないんだ！　俺の言うことさえ、きいていればお前は幸せになれるのに！」と泣きながら弟を追いかけまわしては殴って、泣いて。弟は血だらけになりながら、震えながら顔を隠して泣いていた。つらそうだった。どちらも、すごく。

そのとき、みんながやっと気づいた。弟は、野球を〝自分の意志で〟やりたくてやっていたんじゃない、父に怒鳴られないように、殴られないように、どこか少し、怯(おび)えながら必死でやってたんだということに。

そのうち弟は、家に帰ってこなくなった。高校も、やめた。どこにも居場所がなくなった彼は、ヤンキーの集団に入れていただいた。でも野球しかしてこなかった優しい弟は立派なヤンキーになる素質がない。そこで、ヤンキーのお兄ちゃんたちの「パシリ」に就任し、一生懸命自分の居場所を探しているように、私には見えていた。

そんな弟の転機が、突然訪れる。弟に「家族」ができたのだ。ある日、めちゃくちゃなギャル（私なんて比にならないくらいのガチギャル）をうちに連れてきて、「子どもできたから、結婚するわ」と言い出した。

私たちは、いつかこんな日が来るのでは……と思っていたので、うん、そっか、と話を聞きました。当たり前だが、弟に貯金はない。そんな弟に子どもを産んで育てるって、どのくらいのお金がかかると思う？　という話から、住む家はどうする？　仕事は？　と、みんなで話し合った。

当時ウエディングプランナーとして、新しい家族がつくられる瞬間にたくさん立ち会っていた私は、生半可な気持ちで結婚するなど子どもを産むなど許されぬ！　とふたりに説教じみたことを言った。このころ、父はもう弟になにも言えなくなっていたし、母ももともと本人が決めたことを否定せず尊重する人だったので、だれもなにも言わなかった。それではいけないと、私が両親の代わりに厳しいことをふたりに言ってしまったのだった。ガチギャルのお嫁さんは泣いていた。弟は「ねえちゃんには関係ねえだろ、貯金がなくたって家がなくたって、結婚するし子どもは産む」と言い張った。

そうして長い話し合いの結果、私の両親と二世帯住宅で住んで、みんなでサポートしながら子どもを育てよう、ということになり、ギャルのお嫁さんは、こうしてわが家に嫁いできてくれた。私はそのとき、実家から職場に通っていた時期だったので、弟夫婦に部屋を譲って、家を出た。

救いだったのは、このギャルのお嫁さんが、とてもとてもいい子だったということだ。明るく天真爛漫で、弟をちゃんと立ててくれる彼女のおかげで、弟はすこしずつ自信を取り戻していった。

ガチギャルの義理の妹が、「さやちゃん、あのとき厳しいことを言ってくれてありがとう。さやちゃんが安心できるよう、私がこの家を守るからね」と私に言ってくれたとき、この家族は問題続きだったけど、こうやっていつも、不思議な運には恵まれるんだよなあ、と感謝したものだ。

そしてあの弟が、お父さんになる。これは、わが家に起きた、とても大きな出来事だった。彼は、この、新しくできた自分の家族の存在のおかげで、いま立派に2児のお父さんをやっている。これがひとつ目の、わが家に起きた、大きな転機。

私の妹。まーちゃん。彼女は小学校のとき、不登校だった。

「朝起きれねえから、学校行けねえ」というふざけた理由で、学校行かなくなっちゃった。普通だったら、「あんた、そんなこと言ってないで学校行きなさい！」となるでしょ？　うちのお母さんはちょっと違った。妹がもともと身体が弱かったこともあり「朝起きれないんだから、しょうがないよねえ」と、毎朝にこにこしてそのまま寝かせておいたのだった（ああちゃんは絶対、無理やり何かをさせないのだ。特に末っ子のまーちゃんの子育てのときは、ああちゃんはもはや悟りを開いたんじゃないかと思うレベルで、しつけ不要論を唱えていて、妹は一度も叱られたことがない)。

それで、妹は出席日数が全然足りなくて、不登校扱いになった。昼前くらいに、学校行ってきまーすと出て行って、学校に着くと、「まーちゃんやっと来た！」と人気者。私は「明るい不登校」と呼んでいた。

そんなマイペースな妹が、昔からひとつだけモットーにしていたこと。それは「お姉ちゃんに負けたくない」という謎の負けん気。6歳も下なのに、何かと張り合ってくる。そんな妹が小学校高学年のとき、突然、「慶應行く！　東京行く！」と言いだした姉。それで、本当に行っちゃった！

中学生になった妹は、深夜バスに乗って何度か東京に遊びに来ていた。いろんなところを案内してあげたり、私の遊びについてきたりしてるうちに、「やべ、東京たのし」ということに気づいてしまった彼女はすぐに、案の定「私も東京行きたい」と言い出した。

「でも、お姉ちゃんみたいにあんなに勉強、私はできない。何か別の方法で、東京の大学行けないかな？」と彼女なりにいろいろ調べて考えたようだ。

そして、中学を卒業後、彼女は自分の意思で、ニュージーランドの高校に進学を決めた。日本から13時間くらい飛行機に乗らないと着かない国にひとりで、旅立った（ちなみにこの国は人間よりも羊が多いらしい）。

そして3年間、外国にひとりで住み、英語ぺらぺらになって帰ってきた妹は、上智大学に帰国子女枠ですするっと合格。晴れて、姉が不合格を食らった大学に入学を決めたのだった（慶應は受かったんだけど上智は落ちた私）。

これが私の家族に起きたもうひとつの大きな転機。末っ子の大学進学。ちなみに、母が書いている本で私が一番好きな部分は、妹の留学しているときの話。彼女は私の家族で唯一、日本と海外の違いを知っている。物事の見方がすごく面白い子なんだ。

大変だった母の子育て（父も一応入れてあげよう）は、ひと段落。妹の大学進学を見届けた母は、やっとここでホッと一息つけたわけだ。

3人とも、あまり普通ではない青春時代を送ってしまったので、母と父は一息もつけない状態で23年くらい走ってきた。特に母は、私たちのせいで、それはまあまわりの人に非難されまくっていた。

長女はビリでギャルで素行不良で問題児。長男は野球頑張ってると思いきやヤンキーのパシリになった。次女は不登校らしい。一体なんていうひどい子育てをしたら3人ともあんなダメダメになるんだ？　というまわりの目。

「お前が甘やかしすぎなんだろ」「子どもたちは被害者で、お前は加害者だ」「過保護だ」と、いろんな大人が母を責めました。

でも、何を言われても、「でも、あんないい子たち、いないと思いませんか？」と何だかふんわりした雰囲気の中に、何があっても揺るがない強い芯を持った母が、ああちゃんだった。

そんな母をたったひとり、肯定してくれていたのが、私の恩師であり、ビリギャルの著者、坪田信貴先生だった。

「お母さんの、信じきる子育ては、本当に素晴らしいです。必ず、3人とも自分の力で人生を切り開いていけるようになるはずです」。そんな坪田先生の言葉が、母にとっては支えだったのだ。

だから、母はある日、坪田先生に手紙を書いた。ありがとうの手紙だ。

先生の言葉が、どんなに励みになったか、母の思いを綴った手紙。あの子たちを信じ続けてきて、よかった。大変だったわが家は、やっぱりあの子たちがつなぎとめてくれていた、という手紙。

それを読んだ坪田先生が、返事のつもりで書き始めたのが、私の大学受験時の話。短編小説風に書いて、私の母にプレゼントのつもりで送ってくれた（母はもちろん大喜び感激感涙）。

ある日の夜中、「さやかちゃん、これ読んでみて。結構面白く書けたから、ネットにものせてみてもいいかな？」と坪田先生からメールが来た。「おもろ！いいっすよ～」とふたつ返事で返信。すると、次の日から目と耳を疑うことが起こりまくった。

この、坪田先生がネットにのせた記事がバズって、ネット上で騒ぎになった。一日で何万PVみたくなって、通知がくるようになっていた先生の携帯はわけわかんない状態になって壊れたらしい。

その騒ぎを見た数社の出版社から坪田先生に連絡が来たとのこと。「さやかちゃん、すごいよ、やばいことになってる」と坪田先生。そこからは、もう目まぐるしい速さで多くの方に私の大学受験の話を知ってもらえることになった。

「ビリギャル」は、私の母の感謝の気持ち、そして、坪田先生の真心から生まれたお話なんだ。

第2章

◆大学受験で見つけた、6つの大切なこと。

① ワクワクする目標を「自分で」設定する

「勉強しなさい！」は意味ない

ここからは、大学受験の経験で得た私の「人生楽しく生きるコツ」をいくつかご紹介します。まず、入口のところ。ここを間違っちゃってる人がめちゃくちゃ多い気がしている。動機づけのところだね。

人間は、感情の生き物だということを意識しないで、なんとなく、目標設定している人。親とか先生があーしろこうしろとうるさいので、それになんとなーく流されてる人。希望も夢も別にないし、と進路を適当に決めてる学生がとっても多い気がしているよ。

ここで勘違いしないでほしいのは、私は別に「ご立派な目標を持ちなされ」という意識高い系のことを言いたいわけじゃないってこと。ただ、やらされてできるものって、何もないよ、ってことが言いたいだけ。厳密にいうと、何かをやらされて、とても大きな成果を得られるケースってなかなかないってことが言いたい。

私の弟がいい例だ。彼は自分の意志で野球を頑張ってしてたわけではなかった。

もちろん、楽しかった時間も山ほどあったと思う。上手だったし成果も出していたし、無理やりイヤイヤやらされていたわけではない。でも、彼には意志を持つ、という余白がなかった。意志を確認されたり、そもそも「自分の意志」というものを意識したことすら、なかったんじゃないかと思う。

多くの大人は「勉強しなさい！」と、命令形で言う。そうやって言われて、ほんとに必要性を感じて実際にちゃんと勉強する子どもって、果たしているんだろうか。あまり、いないと思う。親が怖すぎる場合は、仕方なくやってるふりをするか、親がなめられちゃってる場合は、「うるせえ」で終わっちゃう気がするんだが、みんなはどうだろう。

ちなみに私は、親に勉強しなさい！　と言われた経験が一度もない。父は私に無関心（のように見えた）し、母は命令文を使わない人だった。だから、勉強を強要される環境がこれまで皆無だった（だから、全然勉強しなくなっちゃったんだけど）。

講演会でよく「勉強しなさい！　と言われて、かしこまりました、勉強します！」って思える子、いる？　ってきくと、だれも手を挙げない。

「じゃあ、勉強が好きな子はどのくらいいる？」ってきくと、1000人いる学生のうち2、3人だけ手を挙げる。この子たちは、いわゆる「勉強ができる子」で、できるようになるって結構楽しい、を知ってる子だ。そういう子は「勉強しなさい」って言われなくても、勝手に勉強する。

甲子園に行くような名投手や、海外で活躍するサッカー選手、ピアノのコンクールで優勝するような人だって、ノーベル賞とるような化学者だって、だれも、だれかに無理やりやらされてやってる人って、いないんじゃないかと思う。こういう人たちは、必ず自分の意志がある。だれに何と言われようが、自分はこれをやる、という揺るがない意志がないと、まわりに「すごいね！」と言われるようなことはできない（やらされてできちゃう人がいたらそれこそ天才と思う）。

逆に、やりたくもないのに、楽しくもなくて達成感もないのに無理やりやらされるなんて地獄だ。そんなの絶対、長い間もたない。いつか、糸がプツンと切れちゃうように、限界がきちゃう。

私だって、たかだか受験しただけだけど、同じだ。「慶應に行きなさい」とだれかに言われて目指したんじゃない。自分で、決めたんだ。

理由は、「櫻井翔くんが行ってるところは、さぞかしイケメンがゴロゴロいそうだ、なんか楽しそうだから、私も行くわ！」だ。それでいい。そんなでも、ちゃんとした私の「意志」だったんだもん。無理やりやらされるより、よっぽど頑張れる。

だって、ワクワクしたし、そのためなら、なんだって頑張れる！　と思うくらい、自分の中から力が湧いてくるんだ。学校で受ける授業はつまんないし、勉強する意味わかんなかったからやろうと思わなかったけど、私は、坪田先生と出会ったことで、「自分で」ワクワクする目標を立てることができた。それで、そのワクワクの楽園慶應に行くためには、試験にパスしなくちゃいけないらしい。試験にパスするためには、勉強しなくちゃいけないらしい、ってことを知った。だから、勉強しだしたのだ。勉強する「目的」ができたから、した。それだけだ。

ご立派な目標じゃなくていい

ここで大切なことは、私の例からもわかるように、「ご立派な目標じゃなくていい」ということだ。そうじゃなくて、ご立派じゃなくていいから、それを達成できた自分を想像するだけで、よだれが出てきそうなくらい、目がキラッキラになるくらい「ワクワクできるかどうか」ということ。そこを軸にして決めるべきなんだと思うんだ。そうじゃないと、目標を立てる意味なんて、ないんだ。

笑われたっていい。「そんな不純な動機で進路決めるなんて、バカなこと言わないで！」とまわりの大人は言うかもしれない。でも、それでがむしゃらに頑張れて、まわりがびっくりするくらいの成果を出せれば、そっちのほうが正解じゃない？　結局それで結果出しちゃえば、まわりは何も言わなくなるよ。だったら、無視しちゃえばいい。頑張れない目標なんて、意味ない。

私の知人で、全国模試で毎回1位を取るくらいの秀才で、東京大学を卒業して、いま一流企業で働いている人がいる。その人が勉強を頑張った理由はこうだった。

「高校でね、数学の時間に毎回席が後ろ前になる女の子がいたんだ。その子のことが好きで、毎回数学の時間が楽しみでね。でも勇気がなくてあまり話しかけられなかった。でも、数学の時間にその子がわからない問題があるとくるっと後ろを向いて、俺に聞いてきてくれるんだ。そのときに、わからない問題があっちゃいけない、と思って死ぬ気で予習復習を繰り返した。そしたら、全国模試で1位の点数が取れるようになっちゃったんだよね」

これだ。まさに、ワクワクするものがなによりもの原動力になるって、こういうことだ。その彼は、東京大学に首席で入学した。東京大学を卒業すると、だいたい官僚とかになるところを、なぜ一般企業に入社したか。もちろん、そっちのほうが「モテそう」だからだ、と言う。こういう「ワクワクするかどうか」で物事を決められる人って、どんな場所に行っても成功する気がする。原動力の源を知っているから。

もうひとつ例を挙げてみる。私のクラスでひかちゃんという子がいた。私の学校では、7割の同級生はそのまま上に附属でくっついている大学にそのまま上がっていく。残りの3割の子は、ちゃんと学校でいい点数をとれるように、中学入ってからも勉強ちゃんとして、内申点もちゃんととって、指定校推薦でほかの大学に進学して行く。

とくに私がいたコースは、推薦で勉強しなくてもそのまま附属の大学に行けちゃうコースなので、みんなわりと私と似たりよったりだった（まきぞえにしてすまない）。私より順位が低い子も余裕でいた。私はべつに万年学年ビリだったわけじゃなくて下から数えて10番くらいをいつもうろうろしていて、学年ビリのときもあった、というだけなので、まわりもわりと、そういう子はいた（本当にすまない）。

そのコースから一般受験をするのは、保育士になりたい子や、音楽大学に進学したい子などを除けば、ほぼいなかった。だから私が一般受験で慶應にこのコースから行ったことは前代未聞だったらしい。ちなみに同じ年に、学年ずっとトップの成績で生徒会長だった子が、指定校推薦で慶應の私と同じ学部に入学した。学年ビリと学年トップが同じ学校に行くという奇跡が起きた。

そのなかでひかちゃんも、東京の短大に一般受験で挑み、見事合格して進学をした。彼女は、ある二人組のアイドルグループの追っかけをしていた。東京の大学に行きたたかった理由は、「東京にとにかく出たいから。東京で早く働きたい」というものだった。そのあと、ファッションの勉強を一生懸命した彼女は、そのアイドルグループのスタイリストになった。

ママとパパは先に死んじゃうよ

ワクワクする目標は、自分でしか決められない。人には、決められないものだ。だから、自分で決めなきゃいけない。なのに、どうやらまわりの大人は、特に「親」という生き物は、わが子を愛するあまり、心配するあまり、いろいろ口出ししたくなっちゃうものらしい。私はまだ子どもがいないので完全にわかってるとは言えないが、べつに意地悪で言ってるわけじゃないってことはわかる。

でも、じゃあ、そのママとパパは、その子の面倒を一生みられるかというと、そうではない。だって、たいがい先に死んじゃうから。ママとパパが死んじゃったあと、どうしたらいいかわからなくなっちゃうんじゃ、元も子もない。結局、「自分で決める」力がないと、のちのち困っちゃうのだ。だったら、そうなる前に「自分で考えて、自分で決めて行動する」という練習をさせてもらわないと、まずい。

「最近の新入社員は指示待ち人間で、自分で考えて動くってことができないのかね」

って言ってるおじさんがいるけど、そんなの、そういう環境がなかったんだったらできないに決まってる。大学出るまでは、親が指示してくれたのに、社会に出ていきなり「自分で考えて言われる前に動け」なんて、無理だ。

私の母、ああちゃんは、小さいときからそこは、そこだけは徹底してやってくれたらしい。「自分で考えて、自分の意志を持って、自分で決めていい。それで、なんでもやっていいいし、失敗したっていい。全然、失敗していい」っていう環境が、小さいときからあった。

甥っ子（2歳と5歳）を見てても思うけど、小さい子どもがすることって、危なっかしくて、遅くて、大人からしたら、代わりにやってあげたほうがよっぽど効率的だし確実なことばっかりだ。子どもの意志を尊重してると、人に迷惑かけちゃうし、時間どおりに動けないし、なにより危ない。

もちろんああちゃんも放置はしなかったけど、時間に遅れようが人に多少迷惑かけようが、可能な限り、本人の意志を尊重したい、そう思って子育てをしてくれた。「ワクワクするものを、自分で見つけられる人になってほしい」。そのためにああちゃんは、常に、「意志を持つ」「やってみる」「失敗する」「できた！」を子どもが自分でできるサイクルを大切にしてくれた。本当に忍耐のいるものだったと思うけど、でも、そのおかげで私は「生きる力」を手に入れられた気がする。そのおかげで常に自分で考えて、意志を持ち、わりとハードル低めでひょいっといろんなものに飛び込むことができるようになった。失敗することは、そんなに怖くない。失敗することには、慣れてる。

どんな困難があっても、乗り越えられる。そして、どんなでかい失敗をしても、もう一度立ち上がれる力。これは、たくさん失敗して挫折を経験した人でないと得られないものだ。無難に、安全に、近くの大人がいろんなものから守ってくれて、失敗も成功もない人生の中で、生きる力を育むのは、なかなか難しい。

高校生に、「将来なにになりたい、とかあるの?」ときくと、驚くほど、もうこれは本当に驚くのだが、「公務員」という子がわりかし多いのだ（公務員になった自分を想像してよだれが出るくらい、公務員という職業に夢を見ている人は別として）。この答えをきくと、心配になっちゃう私である。

「なんで?」ときくと、「だって、安定してるんでしょ?」と言う。もっと心配になっちゃう私だ。それは、夢がなくて、ワクワクするものは特になくて、だから親が「公務員はやっぱり、安定していていいわよね。あんたが公務員になってくれたら……」なんてことを言ってるのを聞いて、そうか、安定しててわりといいのか、なんて思って、そう言ってるんじゃないかなあ、と想像する。

後輩たちに強めに言っておきたいのは、「安定してる」ってだけで進路を早めに決めちゃってると、ほんとは近くにいっぱい転がってる他のワクワクに気付かないで通り過ぎちゃうぞ、ってことだ。そして、公務員が安定しているのは、今はそうかもしれないけど、20年先は安定してるんだろうか、それはわかんない。ギリシャは財政破綻の危機に陥ったとき、公務員から先にリストラされたらしいし。

人間にしかできないこと

ロボットが、いろんなことをできるようになってきた。本屋に行くと、AI（人工知能）という言葉がでかでかと書いてある本がたくさん平積みされている。私は最近『AI vs.教科書が読めない子どもたち』（新井紀子著　東洋経済新報社）という本を読んで青ざめた。もうAIは、MARCH（明治大学・青山学院大学・立教大学・中央大学・法政大学を示す）には受かるくらいの偏差値を持っているらしい。

私たちの生活に欠かせないスマホだって一種のロボットだし、家の中にもたくさんロボットがいる。町を見渡してもたくさんAIの力が及んでいて、もう、超便利だ。昔には戻れない。スマホがないと、私たちは目的地にすらたどり着けなくなっている。

学生たちに講演をするとき、駅にある改札機の写真を見せる。「これ見たことあるよね」と言うと、みんな一生懸命頷いている。これもね、ロボットだよね、と言うと、まあたしかに、そうか、ってなる。

「このロボットが開発される前は、ここに、人が立ってたんだよ。ここに人の職業があった。人がここに立って、ひとりひとりの切符を確認して印をつける、っていう職業がそこにあったんだよ」

学生たちは、あまり見慣れない、駅の改札があるべきところに人が入って切符をきってる写真をまじまじ見ている(今でも地方に行くとまだ見られる光景ではあるんだけどね)。

「でも、だれかが、こんなだれでもできることを人間じゃなくて機械が勝手にやってくれるようになったら最高じゃね? と言い出して、たしかに! といろんな人が賛同してお金を出し合って、それで開発されたのが改札機ってロボットなんだよね。こりゃいい! となっていろんな駅で導入されていった。

機械は最初買うと高いけど、人間より優れていることがたくさんあったんだよね。正確だし、早いし、お給料出さなくていいし。文句言わない。人間は文句ばっかり言う。上司うぜえ、とか、疲れた、眠い、つまんない、早く帰りたい、給料あげろ、とかね。でもロボットは無給で、文句も言わずに一生懸命働く。いまではこの改札機は、私たちの生活になくてはならない存在になってる。

こうして、人間の職業がロボットにとって代わられていく、という現象が、たくさん起きてる。ほかにもこういう例が私たちの日常にたっくさんある。じゃあ、問題。車の運転を人間がしなくなったら、だれが困るかもしれなくなる？」ときくと、みんなひそひそといろんなことを一斉に言いだす。

「タクシー？　タクシーの運転手やばくね？」という声が聞こえてくる。そう、タクシーの運転手さんはロボットと戦わなくちゃいけなくなるかもしれない。安くて早くて安全な（仮にね）自動運転のタクシーよりも、俺のタクシーのほうにお客さんに乗ってもらうには、どうしたらいいだろう？　って考えなくちゃいけない。

あるタクシーの運転手さんは、「じゃあ、とりあえず目立つように車体をゴールドに塗って、落語勉強して、ゴールドのタクシーに乗ると超面白い落語が聞けちゃうらしいぞ、と噂を流してみようかな」とか「ドリンクをサービスするタクシー始めよっかな？」とか考えるかもしれないけど、「ロボットには勝てないや！」とあんまり考えないで諦めちゃうタクシーの運転手さんは、ほかのお仕事を探さなくちゃいけない。

こういうことが、もうすでにたくさん起こってる。これからはもっと速いスピードでいっぱいいっぱい起こっていく。だからこれからは、余計に「自分で考える力」が超スーパー重要なんだ。あったほうがいい、とかじゃなくて、ないとまずい、と言える時代がもうすぐそこまで来てるっぽい（まじで）。

AI時代を生き抜くためには

そんな時代に、「ワクワクするものなんて、なにもない」「考えるのとか、めんどくさい」という子どもたちがあふれているって、どうなんだろう。私はとても不安になるんだが、ママやパパたちはどう思うだろう。

自分たちが死んじゃった後、愛するわが子は果たして、生きていけるだろうか。職業があるだろうか。ちゃんと稼げるのだろうか。ママやパパにとっての常識は、もう20年後は通用しない可能性があるってことを、ちゃんと子どもも大人も理解しておかないといけないかもしれない。それくらいものすごい速さで時代は、常識は変わってる。

15年前、「アマゾンって会社に入ろうと思うんだ」という子どもを、きっとたくさんの親が止めたんじゃないかな。そんな、わけわからん名前の会社に就職なんてせずに、公務員になれよ、って。先が読めない時代で生きていくには、「自分で考えて、自分で決めれる」は、やっぱりめっちゃ大事だよ。

そしてその中でも、ワクワクするものや、めっちゃ好きなものがある人は、サイヤ人みたいに強くて、そんでもっと言うと、そういうワクワクできるものをどんどん見つけて、お仕事にしちゃえるような人は、スーパーサイヤ人みたいな感じだ。なにがあっても、負けない。（ドラゴンボールのたとえ、わかるかな……ジェネレーションギャップに悩みながら書いてる）

こういうある意味厳しい時代を生きぬいていかなければならない未来の社会人たちは、ほかにどんな能力をいまのうちに磨いておくべきなのか。専門的なことはよくわかんないけど、とりあえずロボットにできなくて、人間にしかできないものを超できるようにしておけばサイヤ人に近づける。

考えてみると、たくさんある。考えること。0から1を生み出すクリエイティブなこと。ワクワクすること。夢を見ること。そして、ロボットは人と人との直接的な関わり合いに介入できない。だから、人と支え合うことや、感謝すること、あの人好きだなあ、とか、わんちゃんかわいいなあ、とか、感情を抱くことは私たち、人間にしか今はまだできない。

私はちなみに、人よりいろんな能力が低い。細かい作業は雑で使い物にならないし、運動不足ですぐ疲れちゃうし、面倒くさがりのずぼらだし、機械もそんなに強くないし、地道な作業にはすぐ飽きちゃう。でも、だれにも負けない宝物みたいな能力がある。

コミュ力だ。コミュニケーション能力は結構めちゃくちゃ高いと思う。

私はこのコミュ力だけで生きてきたといっても過言ではない。コミュニケーション能力は強い武器になる。自分ができないことは、ほかの誰かに助けてもらえる。でも私が困ってるときに、「さやかちゃん助けるよ」と言ってもらえない、いやなやつだったら困ったまんまなのだ。ひとりで頑張るしかない。

人に伝える力、人に共感できる力、人に愛される力、人に応援される力。そういう力がある人は、どんな時代がきても、サイヤ人くらいではいられる。

②根拠のない自信を持つ

「ビリギャルって、なにがすごいんですか？」

嵐の二宮和也くんが司会をやってる、「ニノさん」（日本テレビ系）という番組に出たときのこと。この日は、「ちょっと変わった一般人」というテーマで7人のゲストが来ていて、そのうちのひとりが私。隣には、社会学者の古市憲寿さんが座ってた。

古市さんは、慶應義塾大学の3つ上の先輩。しかもキャンパスも同じ（湘南藤沢キャンパス、通称SFCという。裏に養豚場があって、教室の中は結構臭うキャンパス）。

それで、二宮くんが「古市さん、大学の先輩ですよね？　ビリギャル、すごいですよね」と聞くと、「何がすごいか僕にはわかりません。僕のまわりにはこういう人、うじゃうじゃいるので」とおっしゃって、それで、鈴木奈々ちゃんが「何あの人！　冷たいんだけど！」と叫んで会場は爆笑。これが一連の流れだった。

本当は、進行を無視して古市さんと話したかった。「ほんと、そうですよね」って。同じことをずっと思ってた。「ビリギャル」とたくさんの方に知っていただけるようになって、「何で私なんだろう」とずっと思ってた。

確かに、私はあの年の受験生で、たぶん私が一番頑張った！　と思えるくらい勉強した。一番下から這い上がってここに入学してくるのは、この私だ！　という気持ちで入学式にシャンパンゴールドで袖にレースがバサバサついてるめちゃくちゃ派手なスーツで出席した（どうりで、チャラいサークルにしか勧誘されなかった）。

でも、違った。私みたいな人はうじゃうじゃいた。「私も絶対無理って言われまくってムカついて、頑張ったら受かったんだよね」っていう子がやっぱりたくさんいたんだ。私だけじゃなかった。

慶應じゃなくて東大生にそうやって頑張ってなった人だってもちろんいるだろうし、プロのスポーツマンになった人だって、音楽の世界で有名になった人だって、超優秀な研究者だって、きっと同じ思いをして（いや、私なんかとは比べ物にならないくらいの努力と悔しい思いをしてる人なんてごまんといるはずなんだ）、死ぬほどの努力をして、歯を食いしばって頑張って、結果を掴んだ人がいっぱいいっぱいいる中で、何で私だったんだろうってずっと思ってたんだ。

「あんたがビリギャルって映画化されるんだったら、私だって映画化されたいわ！」と言ってくる慶應生がたくさんいた。そうだよね、なんかごめんな、という気持ちがした。

しかし、一方で、ネットには「こんなうまい話あるはずがない」「この子は、もともと頭がよかったんだよ」「進学校に通っていたらしい」「英語は偏差値63くらいあったらしいよ」、そんな記事が出回っている。

全然会ったこともなければ話したこともない知らない人が、一生懸命書いてるらしかった。すごく、不思議だった。なんでこの人たち、そんなに一生懸命に言うんだろう、って。そしてもっとびっくりしたのは、それを信じられないくらいいっぱいの人が信じていることだった。

こうやって「こんなの嘘にちがいない！」と思う人と、古市さんみたいに「何がすごいの？　よくある話じゃん」と思う人と、いったい何が違うんだろう？　っていっぱい考えた。

やるかやらないか、それだけ

どうしてこうも全く反対のことを言う人がたくさんいるんだろう。でも、たくさん講演をさせてもらって、たくさんの方の反応を見ていて何となくわかってきた。きっと、「死ぬ気で何かを頑張った」ことがある人と、そうでない人。この違いなんじゃないかって、思ったんだ。

勉強でも、スポーツでも、音楽でも何でも、死ぬ気で何かを頑張った経験がある人は、それなりに結果も出して、それで自分のステージを上げてる。死ぬ気で頑張って行ったその先には、私が慶應で出会った人たちのように、同じような境遇を通り抜けて、同じような悔しい思いをして踏ん張って、這い上がってきた人たちがたくさんいて、そういう人たちが、のちに一生の仲間になる。

こういう人たちは知ってる。奇跡なんかじゃない。ちゃんとそこには、血のにじむ努力があったし、それに対してのまっとうな結果が、ちゃんと出ただけだってことを。

それでその人たちのもうひとつの共通点は、たくさん失敗もしているってこと。その分、たくさん挑戦したことがある人だ。仮に、結果が望むものでなかった人でも、そのプロセスに満足できるくらい頑張れた人は、また別の道でその後、ちゃんと結果を出せる人だと思うんだ。

くどいけど、私は、後輩たちに、いい大学に行け、というつもりもないし、勉強しろというつもりもない。でも、自分が大学受験をしてみて、これだけは伝えたい。何のためにいい大学に行くのか、それは、自分にとって、よりいい「環境」を手にするためだと思ってる。

「環境」って何か。「そこにいる人」だ。どんな人といっぱい時間を過ごすかを選ぶことが、環境を選ぶ、ということだ。だから、受験は環境選びと言っていい。どんな環境に自分の身を置くかで、人生変わる。だって出会える人の質が変わるから。大学名じゃない。それで人生変わるんだ。人生は環境で変わるんだ。

大学の中だけじゃない。その経験を経て広がった世界は、より多くの魅力的な人と出会う可能性をくれる。その出会いは、さらなる多くの出会いにつながっていて、そうやって自分の世界は、自分次第で無限に広げていける。

慶應に行ってよかったと思うことは、たったひとつ。一生の財産といえる人たちと出会えたこと。いまある出会いのほとんどが、慶應に行ったから、東京に出たから、得られたものばかり。そこから全部、つながってる。

名古屋から一歩も出たことない女子高生だった私にとっては、「慶應に行く」ことが、一気に自分の世界を広げるには、最高の方法だった。

学歴なんて、偏差値なんて、社会に出たら何の役にも立たない。むしろ合コン行くと、「慶應生」っていうと全然モテない。「俺、青学」と鼻高々自己紹介してくる男性陣の前では、マイナスでしかない（そういうときは、よく、私は女子大です、とか嘘ついてた）。慶應だと言って喜ぶのなんて、「じゃあ、君は僕の後輩だね」という慶應卒のおじさんくらいだ。

結局、やるか、やらないか、それだけだ。飛び込む勇気を持てるかどうか。やらないで、「あの人はもともとそういう才能に恵まれていただけ」と言うのは、なんかちょっと、もったいない。

本当マジで何度も言うけど、別にみんなが受験しなくてもいい。私にとって、そのときはたまたま「なんとなくキラキラしてそうな世界＝慶應」だった（櫻井翔くん、ありがとう）。だから、慶應行こうと思った→慶應行くためには勉強しなきゃいかんらしい→勉強した、だけ。

人それぞれ、ワクワクすることって違う。だからこそ、自分で「ワクワクする目標」を決めなきゃいけない。

人は、結果しか見ない

高3の夏ころ、坪田先生がこんなこと言ってたのをよく思い出す。

「君さ、そうやって1日15時間も勉強して、よく頑張ってるよ。正直、予想以上だ。僕は、君は本当に慶應に受かると思ってる。でも、本当に受かったら、まわりの人って君になんて言うと思う?」

そんなの、みんな泣いて喜んでくれるに決まってるじゃん。と思ったからそう言った。すると、「残念ながら、それは違う」と言うのだ。ええ? じゃなんなの? ときく。

「君が受かったら、まわりの人はきっとこうやって言うよ。さやかちゃん、もともと頭良かったんだね。勉強しなかっただけで、もともとそういう頭があるんだよ、とかね。そういうことばっかり言われるよ」

えええ? そうかな、そんなことないと思うけどな。

「でもね、じゃあ仮に、君がこのまま同じだけの努力をして、同じだけの実力をつけて、でも、当日熱が出て実力が発揮できなくて、君は本当なら受かったはずなのに、慶應に落ちたとしよう。要は、プロセスは一緒で、結果だけが違ったとしようか。そうしたらまわりの人はなんて言うと思う？」

きっと、みんな悲しむよ。だって私、超頑張ってたの、他のみんな知ってるし。

「うん、君の頑張りを近くで見ていた人たちはそうかもしれないね。でも、久しぶりに会う親戚とか近所の人とか、君のことをあんまり知らない人たちはね、きっとこうやって言うよ。ほら、どうせ無理って言ったでしょ。そんなの最初からわかってたじゃん、って。何が言いたいかっていうと、人は結果からしか判断してくれないんだということ。どれだけ死に物狂いで頑張ってそこまで行ったのか、どれだけ低いところから這い上がってきて、ここまでの道は、どんなだったのか、なんて、あんまり見てもらえないものなんだよ」

私はこのときこう思った。坪田先生、ろくな友達いないんだな……って。かわいそうに。心が凍(い)てついてる。私のまわりには、そんな冷たい人はいない！　受かったらみんなきっと喜んでくれるし、落ちたら、みんな悲しんでくれるはず、ってそう思った。

先生はそのとき、こうも言ってた。「でもね、何が一番重要かっていうと、君が、死ぬ気で何かを頑張るっていう経験をする。その経験こそが、君の一生の宝になるんだよ。そういう経験を持ってる人は、大丈夫。どこに行っても、大丈夫だ」

ビリギャルが出版されて初めて、あのとき坪田先生が言ってくれた言葉の意味がやっとわかった。私は、果たして、もともと頭良かったのか、地頭（じあたま）が良かったのか、それは私にもわからない（たしかに生まれつき天才だとは思っていた）。

でも、私はめちゃくちゃ頑張った。これ以上できない、ってくらい、やった。「勉強しすぎ　死んだ人」とパソコンで検索したことだってあるくらいだ。

別に、みんなに、よくそんなに頑張ったね！　と褒めてほしいわけじゃない。慶應行ったらそれが普通だったってわかったし。それくらい頑張らないと、入れない。

でも、「ビリギャルのさやかちゃんはもともと頭良かったから慶應に行けただけ。あんたには無理よ」と言うお母さんお父さん先生たち。そんなことない。ビリギャルは奇跡の話なんかじゃない。分野は違えど、その子がワクワクできる場所でなら、絶対どんな子でも頑張れる。子どもたちの可能性の邪魔をしてほしくない。

「さやかちゃんは進学校だったんでしょ、私はやったってどうせ無理だから、やらない」とやる前から諦めてしまっている未来ある後輩たちに、はっきり言っておきたい。

私にあった才能は、「やるかやらないか、さあ、どっち？」と聞かれたとき、まわりが「絶対できるわけない」「やめておいたほうがいい」と口々に言う中で「私なら、できる気がする！　ってか、そこ行ったらめっちゃ楽しそうだし、やってみる！　やってみなきゃわかんないっしょ!!」と飛び込む勇気。それがあった。

地頭なんかより、よっぽど大事な能力だと思う。これを自己肯定感っていうんだ。「私はできるって知ってる力」これがある人が、なかなかいないと感じてる。すげぇもったいない。生まれつきの素質じゃない。勇気だと思うんだが、どうだろう？　やるか、やらないか。あなたは一度きりの人生、どっちを行く？

③
具体的な計画を立てる

相手を知って、戦（いくさ）に挑め

ワクワクする目標を見つけて、自分ならできる！　と飛び込んだ！　その次にやることは、計画を立てること。坪田先生がまず私にさせたことは、「赤本（大学・学部別入試過去問題集）を買う」ということだった。

買ってすぐに解くわけじゃない。まだ実力がついていないうちに赤本なんてやったらモチベーションが下がっちゃうだけなので やるべきじゃない。赤本には「傾向と対

策」ってページがあって、そこを先生と研究した。

私は、日本史と国語、小論文、英語で受けられるところに絞った。慶應義塾大学では、文学部、経済学部、商学部、総合政策学部の4つに絞った（これはもう少し後に決めたことだけど、そのほかには上智大学、明治大学、関西学院大学を受験した）。

同じ慶應でも、経済学部と文学部では、まったく問題傾向が違う。相手がどんな人を取りたいのかが違うので当たり前のことだ。出題傾向が違えば、こちらの対策も変わってくる。やるべきことが違うのだ。

私の場合は、坪田先生と相談して、「慶應義塾大学文学部」に狙いを絞った。はっきり言って、学部にこだわりはなかった。受かれば、どこでもいい。どの学部で、何を専攻したい、とか全然ない。慶應生になれれば何でもよかった。

加えて私は、スタート地点が低かったので全部の学部の対策をするだけの時間はなかった。狙いを定めて、効率的で、なるべく近道なルートを進みたい。

慶應の文学部で私が受けるのは英語、日本史、小論文の3教科だ。

日本史はひたすら暗記するしかない。でも、当時の私はいきなり暗記するのは得策ではなかった。何も知らなさすぎて、流れがつかめないのだ。そこで坪田先生は、マンガ日本の歴史を5周読んで来い、と言った。言われたとおり漫画を読んだことで、

「ああ、旧石器時代より戦国時代のほうがあとなんだ」とか「やっぱ平安時代の女はブスばっかだなあ」とか思いながら、少しずつ日本史の流れをつかみ始めた。それから、暗記を始めた。

死んだ侍が昔なにをしたかなんて、私の人生には関係ない、と思っていたけど、それは違った。歴史は今につながっている。そう先生が教えてくれた。「今」を知るには「歴史」を知るのが一番の近道だ、と先生は言う。今ならこの意味よくわかる。あと、日本史に詳しいと、旅行がとっても楽しい。ああ、ここに坂本龍馬が立って、あの海を眺めていたんだなあ、と思うと、ただの展望台が、鳥肌立って感動できる展望台になる。

勉強って見方変えると、エンタメだ。なんか、学校の先生ももっとエンタメ要素入れて教えてくれてたら、私ももっと早く勉強したのになあ、って思う。ただの暗記じゃ、そりゃつまらない。

小論文対策は、坪田先生が決めた課題図書を月に一冊読んで、感想文を書く、というところから始めた。それまでの私は本すら読んだことがなかったのだ。まずは活字を読むことから慣れろ、ということだった。

本なんて、めんどくさい、と思っていたけど、先生が選ぶ課題図書はどれも、面白かった。最初に読んだのは山田詠美さんの『ぼくは勉強ができない』という小説。自分でもびっくりするくらいスラスラ読めたし、そこにある情景がはっきり浮かんできて毎日先を読むのが楽しみだった。

ほかにもハリー・ポッターや、『蟹工船』、『蜘蛛の糸』、『14歳からの哲学 考えるための教科書』、など、ドラマを見るより楽しいじゃん！ と思える本に毎月出会った。

絵本は母がよく読んでくれたから読んでいたけど、活字ばかりの本の面白さには、高2でやっと気づけたのだった。ちなみに大人になって気づいたんだけど、モテる男はみんな本をよく読んでいるという共通点を持っている。本をたくさん読んでいる人は、決まって話が面白い。話が面白い男は必ずモテる。イケメンでなくても絶対モテてる（モテたい男子たち、本を読みなさい）。

また、『日本の論点』という分厚い本を買って、そこに載ってる論文ひとつひとつを要約して、反論する、という特訓もした。私は時事問題に弱かったので、毎日ニュースや新聞を見て、そのなかのひとつのテーマを塾に持ってきて先生と議論する、ということもした。

英語に関しては、基礎固めから始めた。単語は一日30個覚える。単語を単体で覚えるんじゃなくて例文と一緒に覚える。英文法は中１レベルからひとつずつ確実に。速読の練習も毎日やった。最初はわけわかんなかった。こんなの読めるようになるの？と半信半疑でやっていたけど、結論、１年半で英字新聞くらいはスラスラ読めるようになった（高校生たちよ、いまからでもすぐに英語を勉強したら、とんでもないことになれるぞ）。

まあざっとこういったことを、毎日確実にやっていった。

そして時はたち、試験本番１か月前、ここからは志望校の過去問を黙々とやるフェーズに入る。明治大学、上智大学、関西学院大学は滑り止めで受けた。この３つの大学の過去問は毎年度合格ラインがちゃんと取れていた。安心した。大丈夫だ、ちゃんと力はついてる、と思えた。

問題の慶應は、やっぱりほかの大学の過去問に比べても格段に難しい。特に経済学部、商学部は数学を選択した人が強い学部なので、一度も合格ラインを越えられなかった。総合政策学部は、小論文と英語の２教科が私の選択科目なんだけど、私は小論文が弱かった。テーマによっては全然書けない過去問もあった。坪田先生も、総合政策も難しいだろう、という見解だったので、経済、商、総合政策は記念受験（受かりそうもないが一応受けておこう、というやつ）のつもりで願書を出した。

坪田先生は日本史オタクで、特に戦国時代が好きらしい。この時代の戦もそうだけど、相手と戦うときに、戦術なくして戦は戦えない、とよく言っていた。受験も一緒で、作戦を練る。そのためには、相手がどうくるかを予想しなければならない。ただがむしゃらに暗記をするのではなく、どこを重点的にやるのか、順番は？　時間のかけ方、当日の解き方。すべて綿密に今までの傾向を研究し、それに対して対策を練った。第一志望の慶應文学部の傾向をしっかり分析し、それに対して対策を練る。それをかなりしっかりやった。

そのおかげで、文学部だけは、特に英語が得意だった。長文を読んで（かなりの量。今読んだらたぶん何時間もかかる）、それをしっかり理解し、指定の場所を和訳する。これが私、得意だった。速読の力がかなり身についていたのが大きかった。そのせいもあって、本番直前に解いた赤本でも、毎年度の過去問で9割近く点数がとれていて、文学部に落ちたらもう、終わりだ、というくらい文学部にかけていた。

ちっちゃな「できる」をおっきな「やる気」に変えていく

もうひとつ。坪田先生が繰り返し言っていたことがある。「基礎を固めろ」だ。幸い、私には基礎すらなかった。「君はスポンジの脳だね。空っぽだから吸収力が半端ないわ」とよく言われたけど（褒めてんのか、けなしてんのかよくわからない）、たしかに、私は中学受験をしているから小学校の国語と算数だけは土台があるが、中学からの範囲はほぼやったことがない。なので、英語も日本史も、中学からスタートするからやったことがなくて（中学入ってすぐ勉強卒業しちゃったから）基礎が皆無だった。だから、基礎からやるしかなかったのだ。でも今思えばこれがよかった。ものすごいスピードでやらなきゃいけなかったけど、スポンジの脳だから、なんの先入観もなく、真っ白なところに知識が急速に流れ込んでいった感じ。

そんなこんなで、私は基礎固めから始めることになった。坪田先生に初めて渡されたテキストは、小学校4年生レベルのドリルだった。「先生、私高校2年生だよ？こんなん簡単すぎるっしょ」「わかってるわかってる、君天才だから、こんなの、すぐできちゃうと思うんだけど、まあサクッとやってきてよ。」「えー」と言いながらしょうがないのでそこからやる。そうやっていよいよ私の受験勉強がスタートした。

先生に言われたとおり、小学校4年生レベルのドリルを黙々とやる私。学校でも、授業中に黙々と。まわりの友達は爆笑。さやかがいよいよ狂った、と笑われた。先生には変な目で見られる。授業きかないで小学校のドリルを必死でやってるから、まあ当たり前だ。なんか、ネタになるからいいや、って感じでやり続ける私。家でも塾でも、言われたことをひたすらやる。

簡単すぎるっしょと思っていたドリルは、「あれ、小学生ってこんなことやったっけ？」と思っちゃうこともたまに出てきて、全問正解とまではいかなかった（いや、結構わかんないとこあった。7割くらいは、できた）。

それでもやり終えて、坪田先生に持っていくと、「さやかちゃん、すごいじゃん。見て？　この分厚いドリル、さやかちゃんは2週間でやり終えちゃったよね。普通の人（小学4年生）は1年間かけてやるドリルだよ。やっぱり君、天才なんじゃない？」と坪田先生は私を褒めちぎる。勉強で褒められることなんてまあまずない私は調子に乗る。「え？　やっぱ？　私天才かもしんない！　先生次のテキスト早くちょーだい！」って感じで、私は坪田先生の話術にまんまと踊らされていたのだった。

それで、先生がにやーっとして私に小学校5年生レベルのテキストを渡してくる。「さやかちゃんこれ、どれくらいでやり終えるかなー」と先生が言うので、「絶対、2週間以内に終わらせてみせる！」と、家で一日のノルマ以上のことを鼻息荒くもりもりやる。先生、これ1週間でやって見せたら、超びっくりするだろうなあ、ってにやにやしながら。

それで。「先生、みて。もうできちゃった！　1週間で！」「わ！　さやかちゃんやっぱり天才！」ってやる。そんなことを、1年以上やっていた。そうして気づいたら、私は1日15時間勉強し続けているようになった。そんでめっちゃ端折（はしょ）るけど、慶應に受かるだけの偏差値に、気づいたら到達していた。

「できる」→「好きになる」

勉強だって、他のことだってそう。好きになるより先に、「できる」という感覚が大事、と坪田先生は言う。勉強だってこれの積み重ねで、いきなり難しいことをやってもモチベーションが下がるだけなのだ。

たしかに、私もやってみてわかった。ここをみんな、わかってない。学校の先生たちも、親も、学生自身も。高2だから、という理由で、そのもっと前ができてないのに、高2のレベルをやる。基礎がない、もしくは忘れちゃってるから、できない。できないから嫌になる。あ、やっぱ私バカなんだなーと自信もなくす。机に向かうのがどんどん嫌になる。こうやってみんな、勉強ぎらいになる。そのうえ、有難迷惑で順位までつけられて人と比べられてもっと嫌になる。私もそのひとりだった。

勉強ぎらいな人は、何できらいなのか。「できない」からきらいになる。超シンプルだ。スポーツ選手も、アーティストもきっとそう。みんな、人よりちょっとできるから、それが好きになるし、褒（ほ）められて、うれしくてもっとできるようになりたい！

と思えて、練習する。どれだけつらい練習も、できるようになった自分を想像すると、とんでもなくワクワクするから、乗り越えられる。それでもっともっとできるようになって、それがモチベーションになって、もっと頑張る。それが人の成長のサイクルなんじゃないかと思う。

逆に言うと、どれだけ努力してもできるようにならないものって、ずっと続けるの、難しい。鬱（うつ）になるからやめたほうがいい（ちなみに私はダンス音痴だから、絶対にやらないって決めてる）。

勉強を好きな人は、勉強できる人。できるから好きになる。勉強好きになるには、できるようになるのが先だ。これに、私はなかなか気づけなかった。それを教えてくれたのが坪田先生だった。

勉強ぎらいな人（できない人）は、私みたいにできるところまで戻ってやればいい。そこからちょっとずつレベルを上げていけばいい。もちろんゆっくりやってたら時間がなくなっちゃうから残された時間で逆算して、スケジュールは組まなきゃいけないけど、先生は6割○（まる）が取れるくらいまで戻るのがちょうどいい、と言っている。それ以上できないと、モチベーションが下がる。やっぱ私ばかなんじゃないか、とか、慶應やっぱ無理じゃね？　とか、純粋に楽しくないので机に向かうのが嫌になる。

でもちょっとわりかしできて、スラスラ解けるとそんなに苦じゃないし、「自分できるじゃん」感覚が養われていい感じになる。毎日机に向かうっていう、やったことないことでも、これならわりと続くのだ。

そうでないと、毎日勉強なんて、やってられない。暗記ばっかりひたすらやってても面白くないんだもん。続かない。だから、できるところまで戻って、やる。遠回りのようで、これが一番近道だ。騙されたと思って、やってみて。「お？　私、意外と頭良くね？」素直な子ほど、どんどん勉強できるようになる。

④

目標をまわりに言いふらす

「私、慶應行くんだ」に対するまわりの反応

坪田先生は心理学を専攻していたみたいで、やたらと心理学の用語を知っている。「自己成就予言」という言葉も先生に教えてもらった言葉だ。どうしても叶えたい夢や目標があるなら、とにかくそれを言いふらせ。口に出して言い続けろ、ということだった。

普通は、「みんなに言うの恥ずかしい……」とか「馬鹿にされるから言えない」と

思うものらしいが、私はその点余裕だった。「私、慶應に行くことにしたー！」と学校で翌日から言いふらした。案の定、まわりは爆笑した。

「さやかが慶應とか超ウケる」と友達に大ウケ。それで全然オッケーだった。悔しくもないし恥ずかしくもない。ただ、ウケてるウケてると上機嫌な私。すぐに噂は広まって、「さやか慶應受けるらしーじゃん」といろんな友達が声をかけてくるようになった。「うん、そだよー」ともちろん否定しない。後輩たちも、「さやか先輩慶應受けるんですか？（笑）」と来るので、「うん、そだよー」って。さやかはどうやら本気らしい。ますますウケる、と噂は学校中に広まった。すると担任に呼び出された。

「慶應に行くとか言ってるらしいな？　君の学力で慶應なんて行けるわけがないだろ。そもそも君のコースは受験するような子はほぼいない。まわりに悪影響になるから変なことは言いまわるな。勉強しなくていいから、おとなしく学校にきて席に座ってろ。上の大学の推薦はやるから」と言われた。「え、でも先生、私、まじなんですけど」と言っても、聞く耳は持ってくれなかった。

まあいいかって感じで、私は受験勉強（小学校のドリル）を続けた。高校3年生にもなると、次第に勉強にも本腰が入ってきて、私はいよいよ家と塾で一睡もせずに坪田先生と立てたスケジュールに沿って勉強し始めた。

このころ、ちっちゃな「できる」っていう達成感が私のやる気をメキメキかき立たせてくれていて、めちゃくちゃ勉強楽しいやん！　モードだった。知らないことを知るって、楽しいんっすね！　とか知ったような口をたたいて、マリオでいうとスターとって無敵状態の私だった。

「明日から枕持って学校行きなさい」

家と塾で一睡もしないで勉強してた私は、学校でよりいっそう爆睡するようになった。学校の授業は、最初は私には難しすぎて意味なかったし、最後のほうは（教科によっては）簡単すぎて意味なかった。要はずっと、意味なかった（受験用にカリキュラムが組まれてなかったし、無理もない）。

だから、学校で4コマは寝よう、と決めていた。そうすれば、一日4時間は最低寝れる。だから、今まで以上にあいつ、ぐっすり寝てるなあ、というのがいろんな先生の印象だったと思う。

そしてある日、いよいよ私の母が呼び出された。「お宅の娘さんが、また変なことを言っています。慶應に行くと言うんです。お母さんも、それはあまりに無茶なことだとおわかりになっているかと思います。どうか、まわりの生徒を惑わすようなことを言いまわるのをやめさせてもらえませんか？」みたいなことを言われたみたいだ。

でも、私のお母さんを甘く見ちゃいけない。見栄とか体裁とか世間体なんて、一切興味のないああちゃんは、向かうところ敵なしだ。わが子のためなら、どんなことだってする、空気なんて読まないスーパー最強なお母ちゃんだ。

「先生、さやかは本当に慶應を、真剣に目指しているんです。どうか、応援してやってください」の一点張り。

先生はああちゃんを甘く見ていた。ついでにこんなこともお願いしたんだそう。

「先生、呼んでいただいてよかったです。こちらからも、お願いしに来ようと思っていたんです。あの子、家と塾で最近一睡もしていないんです。じゃあ、どこで寝ればいいと思いますか？　学校で寝るしか、ないと思いませんか？　どうか、あの子が授業中寝ていたら、起こさないでやっていただけませんか？　学校で寝れないんじゃ、あの子は慶應に受かるよりも前に、倒れてしまいます！」これを、モンスターペアレンツというのでしょうか（先生ごめん）。

だとしても、私としてはめちゃくちゃありがたかった。母のこの無茶苦茶な直談判は、なんと、先生の気持ちをも変えたのだった。「先生、どうかご理解ください！ご無理を申し上げているのはわかっています。しかしご理解いただけるまで今日は、帰れません」と母は座り込み同然になり、なんと、先生が、「じゃあ、どうか控えめに寝てください」と謎の折衷案で着地したのだった。

母は喜んで帰ってきて「さやちゃん、明日からこれを持って行ってね」と、キャンディー型の枕を、持たせてくれたのだった。そう、ああちゃんがだれよりも、すごいんだ。

晴れて、私は堂々と授業中寝れるようになった。友達たちは、最初は冗談だと思って笑ってたけど、私が塾に行くのとか、「慶應行くー」と言うのをなかなかやめないので、どうやら本気らしい、という空気感も広まり、笑う子はいなくなった。応援してくれる子まで出てきた。

寝てたので知らなかったけど、先生が私を起こそうとすると、友達が止めてくれていたらしい。「さやか、頑張ってるから先生、寝かしてやって」と。一生懸命頑張ってる人に対して、まわりの人ってこんなに優しいんだ、ということを大学受験で学んだ。

真剣に頑張ってる人のことを、まわりは意外と、笑わない。応援してくれるようになるものだ。最初は、どーせ無理、と笑っていた人ばっかりだったのに、気づいたら、たくさんの応援団ができていた。親友のえみは、自分は受験しないのに、「さやかが頑張ってるから」と、えみも勉強を始めた。よく一緒に図書館に行って勉強した。

私はもくもくと小学校のドリルを終わらせ、中学校の基礎も固め、気づいたら学校の範囲を追い越していた。10点すらとれなかった学校の定期考査で、テスト勉強せずに100点近く（国語と英語と日本史だけ）とれるようになったとき、まわりが私を見る目が変わった。

私も、「坪田先生は、本物だ」と確信できた。私がやってるやり方は間違ってない。と、自信が日に日についていった。

言霊(ことだま)の威力

人間は意志が弱い生き物だ。自分ひとりで、「よし、2か月で5キロ落とそうっと」と思っていてもなかなか行動に移せない。目の前にめちゃくちゃおいしそうな揚げ物が出てきたら、「ま、今日はいっか」と自分を甘やかして食べちゃうし、まわりもダイエットしてるなんて知らないもんだから、「ねえ今日デザートビュッフェ行かない？」なんて誘ってきやがる。そうやって日に日に流されまくった挙句、ダイエットへのモチベーションは下がっていき、まあ、いいか、今のままで、となる。

だけどダイエットに必ず成功する人たちがいる。テレビのダイエット番組内でダイエットをする人たちだ。あの人たちは、「私痩せまーす！」とテレビを通してめちゃくちゃ多くの人に公表しちゃってることになる。そうすると、「あ、この前テレビ見たよ！　ダイエットしてるんだってね？　頑張って！」みたいに声をかけられたり、「ビュッフェに誘おうと思ってたけど、ダイエット終わってからにするね！」とまわりが気にかけてくれるようになる。

そしてなんなら、テレビのプロデューサーとかに、「ちょっとちゃんと痩せてくれなくちゃ困りますよ、どれだけ制作費かかってると思ってるんですか？　もっと運動量増やしてくださいよ」みたいにプレッシャーかけられたりすることもあるかもしれない。

要するに、言いふらすことは、自分にプレッシャーをかけまくる、ということだ。逃げ道をなくす、ともいえる。こうやってある程度自分を追い込まないと大抵の人は頑張れない。これがだめだったら、あっちにいけばいいや、では、まわりがびっくりするくらいの努力量も、成果もたぶん出ない。

そして言いふらしちゃったばっかりに、「あんなにみんなに言っちゃったから、やらなくちゃなあ」という、自分で自分にかけるプレッシャーが生まれる。これは、人からかけられるプレッシャーより強い。

「私慶應行くんだ！」と言いふらしたことにより、「あそこのお嬢さん、慶應行くって言ってるらしいわよ」ってひそひそする近所のおばちゃんたちが出てきた。なぜ学校内だけじゃなく、学校の外の世界にまでこんなに知れ渡ってしまったかというと、父が、「俺の娘、慶應行っちゃうかもしれねんだよ、もう、まいっちゃうよお」とにやにやしながら仕事関係の人や友人たちに言いふらし始めたのと、弟も家に遊びに来た友人たちを勝手に私の部屋に連れていき（私は不在）「俺の姉ちゃん、慶應行くんだ。ここで毎日、勉強してる」とツアーを組んでいたらしい。小学生だった妹は、学校の習字の時間で「好きな二文字を書いて」と言われると、いつも「慶應」と書いて持って帰ってきていた。「あら、まーちゃん慶應に行きたいの？」と聞かれると、「私じゃなくてお姉ちゃんが慶應に行くんでーす！」と言っていたらしい。そして私にその習字をくれるんだ。

こうやって私は、「慶應行けなかったらどこか知らない街にでも逃亡してひっそり暮らしたい……」という状況を作り上げたのだ（半分は家族のおかげだ）。

人はこのように、めちゃくちゃ追い込まれて、やっと行動に移すことができるのだ。三日坊主って言葉があるけど、三日坊主を乗り越えるには、言葉に出して言い続けることがめちゃくちゃ効果的だ。

追い込まれる、という効果のほかにもうひとつ作用がある。それは「言霊」だ。言葉には力がある。人に言うだけじゃなくて、自分にも言い続けるんだ。「私は絶対に慶應に行く！」と私は毎日言葉にして自分に言い聞かせた（人に言うのとは別に独り言でもよく言っていた）。

そして親友のえりかが「慶應絶対合格！　おまえが行かなきゃだれが行く！」とでっかく書いてくれた手紙を机の前に貼っておいた。耳からも、目からも「慶應に行く」という呪文が私に毎日刷り込まれた。こうでもしないと、なかなかモチベーションを保つことはできない。言葉にするというのは非常に効果的な方法だ。かなりアナログだが、ぜひ受験生は試してみてほしい。これを続けていれば、この効果はかならず点数になって表れる。

⑤

憎しみをプラスの力に変えるべし！

「人間の一番強い感情ってなんだか知ってる？」

言いふらすと、こういうことも起きる。「どうせ無理だからやめておけ」と言われまくる。夢や目標がでかければでかいほど、こうやって言ってくる人の人数は増える。

近しい人の止め具合も尋常じゃないくらい真剣さを増す。私の場合も、友達は笑う程度だったが、父に関しては、キレた。おまえばかか？　おまえが行けるわけないだろうと言われた次の日、ぷりぷり怒りながら塾に行った。

「先生。きいてよ、私のおやじ超むかつくんだけど！　ああちゃんにもろくに生活費も渡してなくて、でも弟のバットとかグローブとかは、じゃかじゃか新しいの買ってくるのに、私の塾代はケチりやがった！　むかつく！」と怒ってる私に、坪田先生はこう言った。「君って、ほんとラッキーだよね」って。

「は？　なにがラッキーなの？」ってきくと、「人間の感情で、一番強いものはなんだかわかる？」と先生。喜怒哀楽。食欲？　睡眠？　なんだろう、と考えていると、「憎しみ、だよ」と教えてくれた。

「君は、いまとても強い憎しみをお父さんに抱いているよね。それをプラスのパワーに変えてごらんよ。めちゃくちゃ勉強はかどるよ。そして、いつか、君はお父さんに感謝しなきゃいけなくなるだろうね」。

パパに感謝？　そんな日は絶対に来ない。それくらい、私は父に腹を立てていた。いつだって、私や妹のことは無関心（に見えた）、弟のことばっかり。ああちゃんのこともいじめてばっかりで。家族に全然優しくない（ように見えた）、父が嫌いだった。

わかった、絶対、パパを土下座させてやる。そう思って、坪田先生の言うように、パパへの怒りを勉強にぶつけた（そしたら魔法みたいに勉強がはかどった）。

坪田先生の言ったことは、本当になった。私が慶應に受かったとき、だれが一番喜んだかっていうと、父が、泣いて喜んだ。「オレ、慶応行くの夢だったんだよ」と号泣していた。「夢がいっぱいあるもんだな……」と思ったが、そのときは、あのときの怒りや憎しみは消えていた。

もし、あのとき、パパが「さやかがしたいことはお金のことなんて気にしなくていいから、好きなようにやったらいいよ」という、優しいお父さんだったら。私は、慶應には受かってなかったかもしれない（本当にそう思う）。それくらい、父のおかげで勉強できちゃった。先生が言ったとおり、憎しみは、その人次第でいつか、感謝に変わる。

私、大学受験で学んだことで一番大きな教訓は、これかもしれない。一生懸命なにかを死ぬ気で頑張ることで、いろんなおまけがついてきた。

信じてくれる人がだれもいない、という恐怖

ほかにも、「おまえが慶應受かったら俺は全裸で逆立ちして校庭を一周してやる

よ」と言った体育教師もいた。「絶対やってよ！」と言うと、「その代わり証拠持って来いよ、受かるはずないんだから」と言われたこともあった（ちなみに卒業式で本当に合格通知を持っていくと、おまえ暇だな？ そんなの自分で作って、と言われた）。

そういう人が、私のまわりにはうじゃうじゃいた。これをね、心理学でいうとゴーレム効果っていうらしい。「ネガティブな言葉をかけ続ければかけ続けるほど、その子の能力は下がっていくし、テストの点数も下がっていく」というもの。

これの逆が、ピグマリオン効果というもので、坪田先生がこれのプロだった。期待を込めれば人は伸びるという効果。心の底から信じてくれる存在は、人の能力を伸ばすらしい。これを自然とやっていたのが、私の母、ああちゃんだ。私には、坪田先生と母という、最強のピグマリオン効果をもたらしてくれた柱があった。何にも揺るがない、最強のぶっとい、ピグマリオン効果だ。

はっきりいってそれ以外は全部ゴーレム効果だったと言ってもいい。でも、たくさんのゴーレム効果をむしろ力に変えることができたのは、この2本のピグマリオン効果の柱のおかげだ。

もし仮に、私に一本もピグマリオン効果の柱が近くに立っていなかったとしたら。私はたぶん、受験すらしていなかったと思う。慶應なんて、目指しもしなかった。

信じてくれる存在って、子どもたちにとっては必須だ。ひとりもそういう存在が近くにいない中で、大きな目標を持って、それに向かってひたむきに、だれにも応援されずに、頑張り続けるのは、結構きつい。私は全然無理だ。

すべての子どもたちに、1本だけでいいから、近くにピグマリオン効果の柱が立っていてくれますように。それだけで、子どもたちの人生は、大きく変わっちゃうから。まわりの大人の在り方って、子どもの人生変えちゃうんだ。

30歳の私より、15歳の私のほうが有利だったワケ

最近ね、映画ビリギャルを久しぶりに見たんだ。なんか友達が見たいって言ったから、付き合う感じで。そんときに思ったの。「すげえ、もうこんなに頑張れる自信ねえ……」って。15年前の自分の話なのに、30歳の私は純粋にこう思ってしまった。

いまの高校生（特に女子）の悩みを聞いていても思うけど、悩みの種はたいがい「人間関係」だ。

そしてそのほとんどが、「そ……そんな小さなことで……」とおばさんが思ってしまうような些細なことだ。「あの子に無視された気がする」「最近あの子がそっけない」「あいつとこういうことで喧嘩してもうすべてがいやだ」「親と喧嘩した」。そん

なんばっかりである。でも、これが若者の有利な点だということに気づいてしまった。

年齢を重ねていくといろんなことに慣れてきちゃうのと、経験が増えていくことで悩みのハードルが自然と上がってくる。お金のこととか仕事のこととかね、それ以外の悩みが増えてきちゃって、小さなことにいちいち一喜一憂しなくなってくる。これはこれでいい。大人になるってこういうことだ。

でも、と昔の自分を思い返してみる。ほんの小さなことでも、「こんちくしょう」と思ったり傷ついたりすることって、逆にめちゃくちゃなパワーになっちゃう可能性もある。

大人からしてみたら、ちっこい石ころみたいに思えるようなことでも、世界がまだ狭い年代の人たちからしたら、前が全然見えないでかい岩みたいな存在だ。それだけに、それに伴う感情のふり幅もでかい。

憎しみをプラスの力に変えるべし！　は、年齢が若いほうが有利なんだ。大人がびっくりするようなことを若者が成し遂げられちゃったりするのはこのためだ。だからこそ、学生のうちからいろんなことに飛び込んでみたりやってみたりすることは超可能性に満ちているんだ。大人をびっくりさせちゃうの、気分爽快だよ。

坪田先生からの手紙

先生と私は、本当にこの1年半、ほぼ毎日、たくさんの話をした。

ちなみに先生は、勉強は全然教えてくれない。全部ほぼ全部、自習だ。じゃあなにを話すかっていうと、私のほうは、学校であったこと、くそじじい（父）の愚痴、ああちゃんのこと、きょうだいのこと、元カレのこと、ジャニーズのこと、とかいろいろ（最初の面談のときとさほど内容が変わっていない件）。

でも面白いのは、私の元カレの話が、先生の学生時代の話につながって、気づいたらそこから世界情勢の話になってるってことだ。カラオケで歌う歌の話が、政治の話につながったり、友達の話が、宇宙の話になっていたりと、先生と話してると、もう話が尽きなかった。その時間がなかったら、私は受験を乗り越えることはできなかった、と思うくらい、楽しかった。そして、「私ももっと、いろんなこと知って、いろんな話ができる人になりたい！　先生みたいに！」と思うのだった。

こんなこともあった。「先生、同じクラスでね、すっごくむかついちゃう子がいるの。その子ね、私がめちゃくちゃ頑張って勉強してるのに、彼氏の話とか、遊んでる話ばっかりして、私の勉強の邪魔してくるの。もうむかついて、顔も見たくない！」と愚痴っていたら、「さやかちゃんさ、その子のいいとこ、紙に20個、書き出してごらんよ」というのだ。「20個もない！　絶対ない」と言うと、「いいから、考えてごらん。なんでもいいから、書いてみて」って。

私は、家に帰って、先生の言うとおりに、その子のいいところをノートに20個書き出してみた。「目が大きい。ピアノがうまい。優しい。……」。10個くらいは出たんだけど、あとの10個が出てこない。うーんと真剣に考えてみる。

時間をさかのぼって、彼女と一緒にいた時間や、した会話を思い出してみる。そういえば、私が悩んでたとき、あの子こんなこと言ってくれてたっけ。そういえば、ひとりでお弁当食べてる子がいたら、一番最初に声かけてた気がする。そんなことがたくさん浮かんできて、20個書き終えたときには、私はその子に1時間前とは違った感情を抱いていた。なんていい子なんだ！　あんないい子に腹を立てていた私は、なんて器が小さいんだ！　と逆に自分をぶん殴りたい気持ちになっていた。

次の日から私はその子に、めちゃくちゃな笑顔で「おはよう！」って言えるようになった。塾に行って、先生にそれを報告すると、その方法は20答法というんだ、と教えてくれた。「さやかちゃん、人のいいところ、魅力的なところを見つける天才になるんだ。そうすると、人間関係はうまくいくよ」

先生が教えてくれることは、勉強の仕方とか受験のノウハウだけじゃなかった。

「生きる知恵」だ。

　この1年半（と、そのあともずっと）私は数えきれないほど先生にそういうのを教わった。魔法みたい！　といつもワクワクした。先生の言ったとおりにすると、必ずいいことが起こった。私は、小さな塾で、とんでもなく幸運な出会いをしてしまった、と毎日感じていたのだった。

　塾に通う日ももうあと残り少なくなってきたある日、私は坪田先生に手紙を書いた。ありがとう、もう、ほんとにありがとうございました、ってことと、でも、正直いま怖くて、落ちたらどうしようってプレッシャーに押しつぶされそうだ、ってこと。でも、本当に感謝してて、私、先生と出会って人生変わった。慶應に受かってても落ちても、世界が変わった。出会えてよかった。って、たぶん、ありがとうが15回くらい出てくる手紙を書いて、渡した。

　その手紙のお返しのお手紙がある。私の宝物だ。


　心温まる手紙、本当にありがとう。読み進めるにつれ、涙があふれてきました。そして、君と過ごした一年半をじっくりと思い返しました。僕自身、この一年半は誰よりも君と話をしてきたように思います。十年後に出会ったときには、何時間費やしても語れないほどの多くの思い出ができたよね。そういう意味でも、僕にとっては有意義な時間でした。

今年一番頑張ったのは間違いなくサヤカちゃんだし、ここ数年でも類を見ないと思う。もちろん、その頑張りに報いなければと思って心血を注いだつもりです。僕自身がまだまだ未熟だから、完璧にできたかというと疑問符が付くかもしれない。でも技術的に未熟な部分は気持ちでカバーしたつもりです。

いろんな厳しいことや辛いことをいったりしたけれども、すべては今年の春に君が笑顔で大学生活を送れるようにするためにやってきました。どれだけ嫌われようとも、幸せになってくれればそれでいいというつもりでした。

ただ、世の中ってすごく非情だし、だからこそ面白いしやりがいがあるんだけれど、頑張ればその分報われるかというとそうじゃない。僕も嫌というほど味わってきました。正直に言って、君の結果は何とも予想できません。もちろん個人的には受かってほしいし、そう信じてはいるけれども、こういうときにありえない厳しさを直面させてくれるのが人生の醍醐味でもある。そしてそれを乗り越えた時に、人間としてのやさしさだとか強さだとかが身についていたりする。

だから、君が今しなければいけない事のすべては何かというと、日々自分がなすべきことをしっかりと理解したうえで、全力でやることなんです。それ以上でもなければそれ以下でもない。

誰に頼んでも、誰に拝んでも、誰に相談しても、壁は低くなりません。人間は高い壁を目の前にすればするほど大きくなります。逆に、低い壁を簡単に乗り越えるほど小さくなります。今君が目の前にしている壁は、君の年齢にしてみれば非常に分厚くて高い壁だと思う。多分、現時点では日本一の壁だ。そして今、その壁を乗り越えようとしている。少なくとも90%は乗り越えている。だけど、ここから10%を乗り越えられるかどうかは、本当に「気持ち」次第なんだ。

もはや、テクニックだとか知識量だとか才能とかそういう次元の問題ではなく、いかに自分の現状を把握して全力を持ってことに当たれるかという気持ちというか、根性のようなものを継続して発揮できるかどうかだ。

僕は、さやかちゃんならできると信じている。

根拠のない自信を持っていたけれど、今はプレッシャーに押しつぶされそうだって書いていたよね？　押しつぶされてもいいよ。泣いてもいいさ。情緒不安定になってもいい。また立ち上がればいいだけだよ。何度も何度も押しつぶされて、でも立ち上がって……それを繰り返すことができる人だけが一流になれるんじゃないかな。

今はまだ「押しつぶされそう」という時点だから大丈夫だよ。押しつぶされてすらいないんだから。もし、完全に押しつぶされてしまって立ち直れそうになかったら、僕に言ってくれればいい。いつでも助けてあげるから。どんな時でも味方になってあげるからさ。

とにかく、この試練をどうにか乗り越えて、さらに素敵な女性になりましょう。なれるよ、きっと。

口で優しい言葉をかけるのは苦手だから、文章にしてみました。（笑）優しいのはこの手紙で最後です。残りはビシビシいくからついてきな！

P.S.負けるな！

坪田信貴

私は、この塾にたまたま弟の代わりに面談にきたこと、スランプに陥り、もうやめたいと泣き叫んだとき先生に突き放されたこと、どんな話もちゃんと聞いてくれて、何より、毎日本当に腹を抱えながら笑い合ったことを思い出していた。

そうか、私、今、でっかい壁を乗り越えられそうになってるんだ。受験を始めたときは、遠すぎて、自分が乗り越えようとしている壁が、どんだけ分厚くて高い壁か、全然見えなかったんだ。でも、この1年半で私は力をつけて、ちゃんとそこに近づけたんだ。

あとはもう、自分を信じてやりきればいい。よし、大丈夫だ。慶應絶対合格。私が行かなきゃだれが行く！　乗り越えて見せる。

この手紙で、私は全力ラストスパートをかけた。

受験当日の心得

これから受験をする人に、アドバイスをしておこうと思う。よく聞いておいてほしい。試験本番は、変わったことはするもんじゃない。普段と同じ自分で、いることだ。余計なことはすべきではない。

私の大本命慶應の文学部の試験本番。私はある、願掛けをした。それが、私の運命を大きく変えた。

私と坪田先生は、濃い時間を過ごし、めちゃくちゃな信頼関係を築けていた。先生の言ったことは全部、実行したし、常に、先生が言ったことプラスαで自分なりの行動を心がけていた。慶應に受かって、先生を喜ばせたい。どうしても、慶應に受かりたい。そう思って頑張って、いよいよ塾に通う最後の日を迎えた。

「さやかちゃん、ちょっとおいで」と呼ばれて、自販機のところに連れていかれた。「なんでもいいよ、今日は特別にご馳走してやるから、選んで」って。なんだか感極まってしまって、ああ、もうこの塾に通うことはなくなるんだ、と思うと、受験は早く終わってほしいけど、なんだかこの時間はずっと続いたらいいのに、と寂しい気持ちになった（恋愛感情は皆無）。

「先生が選んで、先生に選んでもらった方がご利益ありそう」と言うと、先生はレインボーマウンテンブレンドを買ってくれた。たぶん、ジャケ買いだ。そこに、持っていた油性ペンで「絶対合格！」と書いて渡してくれた。

「これ、お守りにして持ってけ」だって。泣かせる。「先生、私、絶対、慶應受かって帰ってくるからね」「うん、君なら大丈夫。信じて待ってるよ」。

そんな、感動的な塾でのラストシーンだった。そしていつもみたいに22時になるまですこし、先生たちと雑談して、自転車で家に帰った。

明日はいよいよ慶應受験に向けて上京する日だ。ああちゃんがついていきたいと言ったが、自分ひとりで行かせてほしいとお願いした。なんとなくだけど、最後はひとりで臨みたかった。

妹が、フェルトでお守りを作ってくれた。その中に小さな紙が入っていて、そこには寄せ書きが書いてあった。

妹　おねえちゃんなら大丈夫。絶対合格!!
弟　さやかがんばれ!
ああちゃん　さやちゃんの頑張りは素晴しかった。きっと大丈夫だよ
（今はもう亡くなった）おばあちゃん　夢の慶應ガール!!　信じて待っています!
パパ　さやかはパパの、自慢の娘です

家族みんなから手紙をもらったのなんて初めてだ。昔じゃ考えられないことだった。

一生懸命頑張ってる人に対して、まわりの人ってこんなに優しくなるんだ、頑張るって、意外といいもんだな。あとは慶應に受かるだけ。

「ありがとう、行ってくるね」。家族みんなが駅まで送ってくれて、私は東京に向かった。

慶應義塾大学文学部、試験当日。坪田先生がくれたお守りと、家族がくれたお守りと、学校の友人たちの寄せ書きが書いてあるホッカイロと、ほかの学校に通っている親友たちから届いた手紙と、全部持って、試験会場に行った。やれることは全部やった。大丈夫。自分に何度も言い聞かせて席に着く。やっぱり、みんな天才に見える……だんだん不安になってきた。

そうだ、さいごに先生に力をもらおう、そう思って先生がくれた缶コーヒーを取り出した。「先生、力を貸して！」心の中で唱えて、それを一気に飲み干した。ブラックコーヒーを一気飲みしたのは初めてだ。そもそも普段ブラックコーヒーなんて飲んだことなかったんだけど、残して置いておく場所もなかったし、捨てるとご利益減っちゃいそう、と思ったので飲み切るしかなかった。そしてトイレでちゃんと洗って、ビニール袋に入れて空き缶を持ち帰るためにカバンにしまった。

「はじめ」試験官の声で、全員がザっと紙を裏返す音がした。私も同じタイミングで用紙をすぐに裏返し、まずは受験番号と名前を間違いなく記入する。問題を確認。例年通り長い英文が用意されているが、まずは設問から目を通す。先生と練った作戦通りだ。設問を頭の片隅に置いておいて、英文を読みだした。1年半、毎日英文を読みまくった私にとってはそんなにストレスなくスラスラ読める。わからない単語があっても、辞書が持ち込めるので調べればいい。イケる、いい感じだった。

30分くらいがたったとき、突然、お腹がグルグルグル、と鳴り出した。やばい、嫌な予感がするし、集中できない。隣の人もチラチラ見てくる。すいません、と口だけで謝り、なんとか英文を読み続ける。

でも、お腹が鳴きやまない。いよいよウンキがやってきた。もうだめだ、一度リセットしよう、と思い、意を決して手を挙げた。「すいません、トイレに行ってもいいですか?」試験官補佐みたいな人がトイレまでついてきて、用をすます。焦る。やばい、ただでさえ時間ないのに……!

急いで席に戻り、続きをやる。でも正直まだお腹が痛いのだ。つらい、冷や汗が出る。すいません、ともう一度手を挙げて、トイレまでついてきてもらった。結局私は試験中二度もトイレに駆け込み、そのあともずっとお腹が痛いのだった。

いつもなら、必ず全部埋められていた文学部の英語の解答用紙も、全部埋められない状態で、「やめ」という声がかかり、回収されていった。

終わった……私の慶應への道は今ここで閉ざされた。ブラックコーヒーを飲んだからに違いなかった。先生……なんてことをしてくれたんだ! 絶望の中で日本史と小論文の試験を受けた。ずっとお腹が痛かった。泣きながら、ホテルに帰った。

このことを、一体なんて説明すればいいのだろうか。ああちゃんに、先生になんて……。

ホテルの部屋でしばらく茫然としていたが、ああちゃんと電話で話して気持ちが落ち着いた。まだあと3学部残ってる。赤本は全然ダメだったけど、奇跡が起こるかもしれない。気を取り直して、また問題集を開いた。

プラスマイナス0の奇跡

総合政策学部の試験は、その2日後くらいだったと思う。なんだか妙に落ち着いていた（すっかり開き直っていた）。

英語と小論文の2教科。文学部の試験と違って、総合政策学部の英語は選ぶものが多い。しかしこれが難しかった。和訳が得意だった私はこの選ぶ問題に苦戦していた。しかし、この年の総合政策の英語が、なんだか妙にできた気がした。こりゃまずい、例年より簡単かもしれない。平均点が高そうだな、ひとつも落とせない、と思ったくらいだ。

そして小論文で、なんと、缶コーヒーの祟りが、ご利益に代わってやってきた。この年の小論文のテーマが「世論とはなにか」というものだった。

つい、1週間前、坪田先生と「世論」について議論したばかりだった。「君さ、ホリエモンってどんな人だと思う?」。それで昨日、テレビで見た映像を思い出した。「え、チョー悪い奴だと思う、だって逮捕されたっしょ?」。ようぎしゃ、と言われている人は、みんな極悪人だと思っていた。

「逮捕されたらみんな悪い奴なの?」。先生が聞く。「は? 違うの? 悪くないのに何で逮捕されんの?」。そんで先生が、ひと呼吸おいていつもみたいにわかりやすく説明してくれた。

「あのね、テレビや新聞が報じることがすべて、真実だとは限らないんだよ。マスメディアが報道することは、多くの人が見るから、多くの人がそのまま信じちゃって、そうやって世論が形成されていく。でも実は、ホリエモンさんはだれかに騙(だま)されちゃって、罪を擦(なす)り付けられたかもしれないし、僕たちが知りようのない真実があそこにたくさんあって、そこは報道されていないんだとしたら、どう?」と言うのだ。「え、すっごくかわいそう……」。でもそんなことあり得るの? テレビで言っていることって、全部ほんとのことと思って疑ったことがなかった私は、すぐには信じられなかった。でも、もし本当にそうだとしたら、と想像してみたら、なんか別のものに腹が立ってきた。

「ね、真実はわからない。だからこそ、いろんな視点で物事を見なくちゃいけないんだ。メディアや世論に流されていては、真実は見えないよ。自分で考える力を持たなきゃいけない」

そんなやりとりをして、私は「世論、やべぇな」と思って自分なりに考えを巡らせていたのだった。

だから、このテーマを見たときに、鳥肌が立った。私って、やっぱり運がいい……！　小論文はいきなり書き始めるな、ちゃんと構成を練って、分量も考えて筋書き立ててから書き出すんだ、と先生のルールに従っていつもどおり、裏面にザっと構成を立てる。うん、完璧なシナリオが書けた、とワクワクして文章を書き始めた。

我ながら完璧な小論文が書けたと思った。字数もぴったり。最高の出来だった。これは受かるかもしらん。英語も小論文も今までで一番できちゃった。でも、何が起こるかわかんないから、合否が出るまで誰にもなにも、言わないでおこう。

こうして私の受験は幕を閉じた。一番最初に思ったことは、やっと思う存分寝れる！　だった。こんなに死ぬ気で頑張って、やり切ったのは初めてだ。すさまじい爽快感のなかで、爆睡しながら名古屋に帰った。

結果は、上智大学経済学部、慶應大学商・経済・文学部不合格。明治大学経済学部、関西学院大学商学部、慶應義塾大学総合政策学部は合格。
私は晴れて、慶應ガールになれたのだった。

⑥ コーチを、探せ

学校の先生と坪田先生の違い

坪田先生がしてくれたことは、「勉強を教える」ではなく、「私の能力を引き出す」ことだった。私は間違いなく、勉強が大嫌いだった。つまんないし、意味ない。やる必要性を感じられなかった。

でも先生は、勉強する意味と目的を「私に自分で」見つけさせてくれた。私は「自分で」決めて、「自分で」意志を持ち「自分で」行動に移すことができた。これを導いてくれたのは、坪田先生だ。

学校の授業は、ちゃんと聞いたことがないからよく知らないが、先生は手元の教科書に沿って、「テストのために」「カリキュラムを終えるために」授業をする（少なくとも私が通っていた学校の先生はそうだったように思う）。そこでひとりひとりの生徒の未来をみていた先生は果たしていたんだろうか（いたのかもしれないが、気づかなかった）。

どの先生も黒板に向かってしゃべって、テスト作って、採点して、ととても忙しそうだ。加えて私みたいな問題児を取り締まらなきゃいけない。毎日忙殺されている。本当に大変な仕事だ。生徒ひとりひとりとゆっくり対話できるほどの余裕はあまりない。学校と塾とではそういう意味では役割が違うので当たり前だが、坪田先生と私はこれでもかってくらいに対話した。

コーチングの第一人者と言われている、本間正人（ほんままさと）先生という方がいる。私がメンターと思っている先生だが、「ビリギャルは、teachingからcoachingに切り替わった瞬間に爆発的に伸びた、典型的な例です」と初めて会ったときに言っていた。

「学校の教育はteaching。対象物（生徒）に対して矢印が一方的に向いている状態です。coachingは、君にとって坪田先生がしてくださった関わり方で、対象物（生徒）から矢印が外に向くように導くことを言います。

さやかちゃんは、coachというブランドのロゴを見たことがあるかな？　馬車の形をしているね。英和辞書でcoachという英単語を引いてごらん。『名詞：馬車』と出てくるね。実は、そこから派生した動詞の意味もある。『大切な人を目的の場所まで連れていく』という意味なんだ。これは力づくで連れていくわけではなく、本人の能力を引き出して、自分の力でそこまで行けるよう、導くことを意味している。命令文ではそれができない。坪田先生は、coaching のまさに、プロだ。これこそ本当の教育だと僕は思うよ」

この話をきいて、なんだか妙にいろんなものが腑に落ちた。そうか、だから私は学校で全然勉強しようと思わなかったのに、坪田先生の前ではあんなに頑張れたんだ。先生は、何気なく私と毎日会話していたように見えていたけど、私のモチベーションを引き出して、一緒に走ってくれる存在だった。マラソンで言うと、まさに一緒に走ってくれているコーチの役割だ。

「さやかちゃんさ、よく見るとまあまあ、かわいいからさ、慶應行ったらミス慶應コンテストっていうのがあってね、それに君、間違って出れたりなんかしてさ、そんでもっと間違ってミス慶應になれたりなんかしちゃってさ、そしたらアナウンサーになれたりして！　そしたらさ、プロ野球選手と結婚できるかもしれないよ。君、セレブの道、あるな……」「まじで？　私、セレブにまでなれるの？　将来マダム？　やばくね？」と言って、またもりもり勉強する。先生は勉強なんて教えてくれずに、こういうことばっかりやってくれた（もちろんその子のタイプによってかける言葉は違っていたんだけど。これは、超楽天家の私用のモチベーションの上げ方だ）。ゴールしたらどんなに楽しくて最高なことが待っているかを、頭の中で描かせてくれた。それで私にはビジョンができた。

そして、どんなトレーニングをして、どんなルートでどういうスケジュールで走れば、なるべく効率的にゴールにたどりつけるのかを、一緒に考えて計画を練ってくれた。そして一緒に走ってくれて（先生は、なんとなく禁煙を始めた）、私のモチベーションが下がらないように毎日声をかけてくれた。

大丈夫、きみならできるよ、と、ちょっとずつ走れるようになってきた私に、ちょっとの成長も見逃さずにちゃんと言葉で褒めてくれた。それで私はもっと頑張ろうと思えて、もっと速く走れるようになっていく。これこそ、コーチの役割なんだ。坪田先生はteacherじゃないcoachだったんだ。

beingで褒める

褒め方には3つある、と坪田先生は言う。

「doingで褒める。havingで褒める。beingで褒める。さやかちゃんのお母さんは、僕が最初の親御さん面談のときに『お子さんを、どんなときに褒めますか？』という質問に対して、初めて正解を言った人だった。『家に、無事に帰ってきてくれたときに、無事に帰ってきてくれてありがとう、という気持ちで抱きしめて褒めます』。3つのうち一番いい褒め方は、being で褒める、だ」

子どもにとって学校は大きな社会で、いやなこと、つらいこともたくさんあるはずなのに、ちゃんと学校に行って、そして車もびゅんびゅん通っているなか怪我もせず自分の足で無事に帰ってきてくれた。なんて愛おしいんだろう、と毎日思います、とああちゃんは答えたらしい。

お手伝いしてくれて、偉いね（doing で褒める）。学年1位だなんて、偉いわね（having で褒める）。そういう、行動や、持っているものや所属しているものに対して褒めるのではなく、その子の存在自体を認めて、褒める。これが一番子どもにとっては必要な言葉がけなんだって。

ああちゃんは、being で毎日私たちを褒めちぎった。これも、私の自己肯定感を引き上げたああちゃんの魔法の言葉だ。

この話、私も講演会でよく話すんだけど、多くのお母さんは、これをいきなり今日からできないだろうな、とも思う。「あんた、宿題やったの⁉」「勉強しなさい！」と言ってたお母さんが突然、「あなたが、無事に家に帰ってきてくれるだけで、お母さんなんて幸せなんだろう♡」とか言い出したら、子どもだってバカじゃないから、「なんだ母ちゃん、気持ちわりいな」となる。

そこでいい方法をお伝えしておく。お母さんたちにやってもらうといい。これは本間正人先生が教えてくれた方法だ。

主語を、「私」に変える。これ、Ｙｏｕメッセージっていうらしい。これの主語が「あなた」になっている。You must study.（勉強しなさい！）は主語が「あなた」になっている。これ、Ｙｏｕメッセージっていうらしい。これの主語を「私」に変えてもらう。例えば、「私は、あなたに勉強してほしいなあって思ってるよ、なんでかっていうと、知らないことを知るってすっごく楽しいから！　最近お母さん、こんなこと始めてみたんだけど、とっても楽しいんだ」みたいなふうに言ったとする。これ、主語が私になっているからＩメッセージっていうんだって。これだけで全然印象ちがくない？　これならなんだか受け入れられる。お母さんは同じことを伝えたいはずなのに。

そんで、Ｉメッセージのいいところは、Ｉメッセージで返しやすいこと。「母ちゃん、でも俺いまアニメが大好きなんだ。勉強する時間があるならアニメを見ていたいよ」っていう具合に。「へえーどんなアニメ?」ってなって、一見どうでもいい会話が生まれやすくなる。

こういう会話ができる親子は「うちの子、何考えてるかわかんないんですよ」という親あるあるの悩みはなくなるんじゃないかな。子ども側も親ががみがみうるせえんだよ、話しても無駄だし、無駄にかかわらないでおこっと、と心の扉を閉ざさなくてすむし、お互い楽だ。

親子でこそ、どうでもよさそうな話をたくさんしたほうがいい。そこに、その子のワクワクポイントが埋もれていることが多いから。私とああちゃんが毎日、そうしていたように。

ほんのちょっとの行動力

ここまで、私が大学受験を経て得た教訓をお伝えしてきたが、これももう13年くらい前の話だ。講演をして帰るときにいつも思うんだ。「いつまで受験の話してんだよ、自分」と。受験は、私の人生の一部に過ぎないのだ。30年あるうちの、たったの1年半の出来事だ。

大学受験で大きく広がった私の世界は、その先も、たくさんの苦難と挫折の連続だった。けど、だからこそ得られたたくさんの出会いと、成長と、どんどんでっかくなる幸せがある。

結局、同じことの繰り返しだ。挑戦して、失敗して、もう一回立ち上がって、また歩き出して。いっぱい失敗するから、ちょっとずつ勝率が上がっていく。挑戦しないとなにも始まらないんだ。

でも私、「挑戦」って言葉、あんまり好きじゃない。なんか、重たいんだもん。ご立派なものじゃなくちゃいけない気がしちゃう。「挑戦」って、ほんとほんとちっこいことでいいと思っていて、「あの子をデートに誘ってみる」とか「今日はちょっと高いヒールはいて出かけてみる」とかそんなことでもいい。新しいなにかを、やってみる。そういう気持ちがあると、いい。

なにも挑戦しない人生は、成長もないしワクワクできる出会いもない。そんな人生つまんない。

ここからは、大学受験のそのあとのお話を書きたいと思う。大学受験なんて、暗記しまくるだけで、楽だったなあ、といまでは思う（とはいえもう二度とやりたくないし、できる自信なんてないのだが）。

そのあとは、答えがないものばっかりだ。だれも答えを教えてくれない。どこにも正解が書いてない。でも、だから面白い。

第3章 ◆ 人との出会いが世界を変えた、大学時代。

臭う、キャンパスで

「きみってね、人の話ばっかりしてるの、気づいてる？　君は人が大好きな人なんだよ。君みたいな人はね、人との出会いが、人生を大きく変えるターニングポイントになる。だから、大学に行って東京に出て、たくさんの人と出会っておいで。人にたくさん影響を受けたらいいよ」

　坪田先生が、そう言って送り出してくれたキャンパスライフがいよいよ始まった。

　スランプのときに、泣きながら見に行って、モチベーションを盛り返しに行ったのは三田キャンパスだったが、実際受かったのはＳＦＣと呼ばれる湘南藤沢キャンパス。神奈川県の湘南台という小さな駅から、またバスに20分くらい乗らないと着かない。バスが走れば走るほど、まわりには何もなくなってきて、やっと見えてきたキャンパスは緑が生い茂っていて森の中にあるんじゃないかと疑うくらい。裏は養豚場で教室は臭う。広大な敷地の中には低めの校舎が建っていて、大きな池がまんなかにずどーーーんとある。そのほとりの芝生に、学生たちはみんな寝そべってサンドイッチを食べたり、携帯を触ったり本を読んだりしている。なんだここは……外国みたいだ、と思った（でもやっぱり臭いが気になる）。

　はじめて行ったとき、父と母が必死で「さやちゃん、自然がいっぱいで、いいところだね！」「うん、穏やかで、平和でこりゃいいわ！」とフォローしてきたくらい、思ってた、キラキラキャンパスライフには程遠いと思われるようなへき地で、愕然とした。

そういうキャンパスで4年間過ごすことになった。これはまずい、と思った。こんなはずじゃなかった。渋谷から1時間半もかかるなんてきいてない！　と、泣きたい気持ちで始まった私の大学生活。とりあえず、しょうがない。サークルにでも入って友達つくろう、といろんなサークルの集まりに参加した。

「慶應に入ってどんなことを学ばれたんですか？」「専攻はなにを？」といろんな取材で聞かれたが、そのたびに、正直答えに困る。そう、私は大学受験を終えてまた勉強は卒業しちゃったのだった。

別に、慶應大学に入って何か専攻したかったことがあったわけじゃない。ただ、別の世界に行きたかっただけだ。私にとって受験や勉強は、いつだってツールでしかないんだ。だから、大学に入学して一日目（厳密にいうと受験が終わったその瞬間から）勉強はまたもや、するのやめちゃった。

知らないことを知ることが楽しいことは、坪田先生に教えてもらった。しかしそれよりも、ずっと我慢していた遊びをやっとまた再開できる!!　という喜びのほうが大きかった。

大学の授業で、おもしろいと思ったものは正直あんまりなかった。ゼミも、そんなに真剣に取り組んでいなかったので、なにをやっていたのかもあまり覚えていない。授業は「単位がもらえやすい授業」を友人たちと相談して、履修した。いま思えば、普通はあまり話をきけないくらい、すごい人が教授に名を連ねていた。その分の授業料だったのに。なんて贅沢な環境を棒に振ってしまったのだろうか。

ちなみにいま、私はビリギャルのおかげで、いろんな人に新たに出会うことができ、多くのメンターを持ち、私なりのビジョンもある。それに対して「学びたい欲」がものすごい。大学時代にこう思うことができたなら！　と思うけど、もう遅い。とっくに卒業しちゃった。だから、自分が興味のある分野をじっくり学べる場所に今年進むことにした。春から、大学院生になる（このまえ合格した）。

でも、大学時代が無駄だったとは思っていない。他のことに興味があって、勉強をする時間がなかっただけのことだ（前向き）。

というわけで、話は戻るが、ビリギャルストーリーには、絵にかいたような「ダメ大学生になった」という続きがあった。人はやっぱり、目的やビジョンがないとだめなんだ。でも、勉強をやめちゃっただけで、この大学4年間で私はまたしてもたくさんの経験値を積むことになる。

　そこには、一生の財産と言える友人たちとの出会いと、のちにパートナーとなる人や、メンターとの出会い、今の私に欠かせない出会いと原体験がいっぱい詰まっていた。

友達紹介

　慶應大学っていう場所には、全国各地から試験に合格した人たちが集まってきていた。北は北海道、南は沖縄まで、友人たちの出身地はさまざまだ。

　友人のなかには、授業料は全部、自分のアルバイト代で出す、という条件で田舎から出てきて通っている子もいた。それだけ、どうしてもここに入りたい、と思ってきている人がたくさんいたっていうことだ。私もそのひとりだったんだけど、なんかみんな、立派だなあ……と思った。自分よりも大人びて見える人がたくさん。名古屋の外には、いろんな人がいたんだなあ。と思った。

　今までなんの接点もなく、違う環境で育った人たちの話はすごく面白かった。名古屋は雪があんまり降らないんだけど、雪国出身の人は冬になると毎日雪かきで大変で、おじいちゃんおばあちゃんでも雪かき毎日してるから足腰が強いんだ、とか、名古屋は味が濃い！　ってことも東京に出て知った。

今まで出会ったことのないようなお金持ちもいた。実家は表参道のDiorの裏にあるよ、私の部屋にはシャワー室がある、っていう友人がいて、あぜんとした。そんなの、ドラマの世界の作り話と思っていた。

とてつもなく頭がよくて慶應在学中もずっとオールAで、めちゃくちゃ早口でしゃべる同期は、今では海外で起業して有名な実業家になった（よくケンカした）。

今でも週に一度は会っている親友かなこは、ファッション雑誌の編集をしている。彼女はいつも「仕事が楽しくて仕方ない」と言う。幸せだ、と。こういう生き方ができるかっこいい女性が、増えたらいいのに、といつも思う。いつ会ってもキラキラしていて、未来しか見ていない。

某大手企業で働いている親友のれいちゃんも、大学時代に出会った。彼女ほどの努力家をあまり見たことがない。そして彼女ほど顕著に成長していける人はあまりいない。「集中して」。彼女は大事な友人が頑張っているときに、よくこう言う。「あんまり頑張りすぎないで」とか「無理しないで」とかじゃない。「集中しろ」と言う。

紹介しだしたらきりがない。今でも、ストレス溜まってもうだめや！　とラインするとすぐに集まってくれてテキーラ飲んで昔のようにはしゃいで回れる先輩たちや

（お恥ずかしい）、私に何かしらの事件が起きるとすぐに駆け付けてくれる、救急箱みたいな友人たち。

高校までの友人たちが同じような環境で育った幼馴染だとしたら、大学以降に出会った友人たちは同志だ。みんな、それぞれの分野で、真剣に頑張っている。その存在だけで、私に刺激を与えてくれる一生の財産と思える友人ばかりだ。本当に慶應に入ってよかった。

大学、やめようかな

はじめてのひとり暮らしも少しずつ慣れ始めてきたころ、好きな人ができて、彼氏ができた。私の中では初めての大恋愛だった。とてもとても大好きな人になった。彼とお付き合いしている間にもいろんなことがあって、そんなのここに書きだすとしょうもない恋愛小説みたくなってしまうので（ていうか、どっちかっていうと昼ドラみたいな感じかな）省略するが、彼とは2年ほどでお別れすることになる。

ある日、私は過呼吸になるくらい泣きじゃくって、名古屋にいる母に電話をした。

深夜1時くらいだったと思う。母は、びっくりして飛び起きて電話に出てくれた。

普通じゃない私の感じを察知して、母は、なにもきかずに、ただ、電話の向こうにいてくれた。私もただ泣きじゃくるだけで、なにも話せなかった。

数時間後、私はそのまま疲れて寝てしまったようで、朝方5時ころ、インターホンの音で起きた。そこには、母がいたのだった。

電話が切れて、すぐに車に飛び乗り、名古屋から東京にある私の家までぶっ飛ばしてきたようだった。

ああちゃんは、何日か、私の近くにいてくれた。その間にいろいろ考えて、私は、大学を、やめようと決めた（まじ）。

あんなに死ぬ気で入った慶應大学、なんと、たかだか恋愛のもつれで私は一度やめる決意をしたのであった（なんと恐ろしい……）。

いや、でもこのときは本気だった。それくらい、つらくて、もうだめだ、名古屋に帰ろう、と本気で思ってしまったのだった。とんでもない恋愛体質のメンヘラ（情緒不安定）女である。

多くの読者に呆れられそうなので一言だけ言い訳させてほしい。失恋、と一言で終わらせられるようなものではなく、いろんな人を巻き込んでしまった大きな事件（まあとはいえ所詮サークル内のことなんだが）になり、親友と思っていた友人に気持ちのいいくらいの裏切りをうけたりして、私はもう人間不信でボロボロだった。

ああちゃんに、「もう学校やめて、名古屋に帰ろうと思う」と言うと、「うん、さやちゃんが決めたなら、ああちゃんはそれがいいと思うよ。もう戻っておいで」と優しく笑って、言った。

忘れられない封筒の重み

まえも、同じようなことがあった。私は、受験勉強中、一度だけ強烈なスランプに陥ったときがあった。

一日15時間、勉強し続けていた。それでも、全国模試の判定は一向に上がらない。坪田先生ってもしかして、パパが言うように詐欺師なんじゃないか？　先生の言ってることがもしでたらめだったら？　てか、慶應ってめちゃくちゃむずかしいじゃん……！　と、実力がついてきた私は、やっと慶應がけっこうむずい、ってことに気づいてしまって、プレッシャーに押しつぶされそうになっていたのだった。

こんだけやってもまだ、偏差値も思うように上がらない。全国模試の判定も上がらない。もういやだ、やりたくない、私もみんなと遊びたい、思いっきり好きなだけ寝たい。カラオケ行きたい。ぐーたらテレビ見たい。そんなことをひたすら日記に書き綴って毎日泣いてた。

そんな私を坪田先生は突き放した。「そんなんならやめれば？」。それでいよいよ私はすねた。塾に、行けなくなった。家でも机に向かえなくなった。ああ、みんなに言いふらさなきゃよかった。格好悪いなあ、また途中で逃げ出すのかなあ。自分がほんとうに憎くてきらいだと、ぶん殴りたい気持ちだった。

全国模試を受けた帰り道、会場まで迎えに来てくれたああちゃんは、泣きじゃくってもうやめたいと弱音ばかり言う私にこう言った。

「さやちゃん、そんなにつらいなら、もうやめちゃいな？　もう十分、頑張ったよ。さやかがそんなにつらいのは、ああちゃんもつらいなあ。もうやめていいんだよ。やめても、また別のワクワクすることを見つけられる力を、もう十分、坪田先生にいただいたよ。ありがとうで、もうやめよう。よく頑張ったね」。そう言って、サムゲタンを作ろう！　と言い出し、デパ地下で買い物をして帰った。

私はああちゃんの、かけ値なしの、まっすぐな言葉を聞きながら、受験をすると決めた高校2年の夏休み明けくらいのある日、ああちゃんに渡された封筒を思い出していた。

これはのちに知ることになるのだが、専業主婦だったああちゃんはお金がなくて、でもパパが「お前を塾に通わせる金なんてドブに捨てるようなもんだから一銭も払いたくない」と言ったので、ああちゃんはいろんな手を尽くして必死でお金をかき集めてくれた。

母が一生懸命積み立てていた、私と弟と妹の３人分の学資保険を全部解約しておろしてきて、パパに隠れてパートに出るようになった。それでも足りなかったから、親戚中に頭を下げてお金を借りてきてくれたのだった。

「これ、坪田先生に、期限過ぎちゃってすいません、って渡してくれる？」その封筒を渡されたとき、私は中にどれだけのお金が入っているのか、どこか知りたくないような気がした。自分がしていることに、いったいどれだけのお金がかかっているのか、知りたくなかった。だから、あまり直視せずに塾に持っていき、「はい、これ、ああちゃんから」と先生に渡した。

すると坪田先生は中身を見て、「これ、もいっかい持って」と私に封筒を返してきたのだった。いつも笑ってる先生の顔は、真剣だった。

「その重み、絶対に忘れるなよ。必ず、自分の力で二倍にして返せよ。君ならこの意味、わかるよね？」

その日から、私は塾で一睡もしなくなった（それまでは、カラオケでオールしてそのまま塾行って、10分だけ、とか言って寝たりしていた）。１日15時間、気づいたら勉強してた、という状態になってきたのはこのころだったと思う。私は、浪人という道はないとそのとき気づいた。もう一度これをああちゃんに払わせるわけにはいかない。絶対に慶應に受かんなきゃいけない。そう気づいた私はスイッチがパチーーーンと入ったかのように、死に物狂いで勉強するようになった。

そうやって集めた塾代が、パーになるってことを、ああちゃんは別に気にも留めていないように、すぐに「やめちゃいなよ」と言う。いつもそうだった。

なにかを、やってみる！　って私が決めたときは、一緒に喜んでくれて、全力で応援してくれる。でもせっかくそうやって始めたものを、やめたいと言っても、「やめる」ってことを自分で決めれたことを、褒めてくれた。よく自分で決めれたね、って。ああちゃんはそういう人だ。

だから、私はやめなかった。大学受験も走りきれた。ああちゃんのために、絶対受かってみせる、と思った。ああちゃんに、自分の力で、あのお金、二倍にして返すんだ。そう誓って、頑張れた。ああちゃんの、無償の無償の無償の愛が、いつも、もう立ち上がれないくらいの私に、もう一度立ち上がる勇気をくれた。

そして、そうやって、泣きながら、いろんな人に支えられながら、やっとの思いで入った大学を、やめたいと言い出した。そんなときでさえ、ああちゃんの想いは一緒だった。

どんな選択も、さやかがした選択は、きっと最善最良な選択に違いない。ああちゃんはそれで、いいと思うよ。どんなにつらいことも、さやかが幸せになるために必要なことで、無駄なことは、なにひとつ起こらないんだよ。そうやって繰り返し、泣きじゃくってわけがわからなくなっている私に、優しく言ってくれてた。

手紙にあった、ああちゃんの想い

名古屋からかけつけてくれたああちゃんと、鎌倉のお寺に行った。「江ノ電（えのでん）」と呼ばれる電車に乗って、海をぼーっと見た帰り道、長谷寺（はせでら）というお寺に行った。

ああちゃんと私が出かけると、いつも雨が降ってる。私がスランプに陥ったとき、一緒に慶應のキャンパス（三田）をああちゃんと見に行ったときも、雨が降ってた。どっちが雨女かわからないけど、ああちゃんと私が揃うと決まって、雨が降るのだった。

鎌倉の町を力なくのろのろ歩く私に、ああちゃんはなにも言わなかった。そのままほとんど会話なく、下北沢の私のマンションに戻って、ああちゃんは次の日、名古屋に帰っていった。

帰り際、これを、彼（ああちゃんも何度か会ったことがあった）に渡してほしいと手紙を渡された。その手紙は封をしてなくて、さやちゃんが先に読んで、渡してもいいと思ったら、渡してね。渡したくなかったら、渡さなくていいからね。と言った。

まず、母親である私がこのようなおせっかいのような、なにか子離れできていないような、あなたにとって煩わしいと思われるようなことになってしまわないか、とても心配です。そう思われたら、本当にごめんなさい。

ただ、どうしても最後に、お伝えしたいことがあって筆を執りました。初めてあなたに会ったとき、あなたは車の中でわたしにこう言いました。さやかは、ピュアで誰にでもすぐに心を開いて信じきってしまうので、たまに心配になるんです、と笑って言ってくれました。わたしはさやかのことを、そんな風に温かく見てくれている人が近くにいてくれることを、本当に心強く思いました。

初めて親元を離れ、一人で知らない場所で生活することは、とても寂しく心細いものがあったと思います。でも、さやかはあなたが近くにいてくれたから、大学生活を楽しく、安全に過ごせることができ、素晴らしい経験と思い出をあなたと周りの皆様に、たくさんいただきました。

その中でさやかは少し、あなたの優しさに頼り切ってしまったのかもしれませんね。あなたにも辛い思いをさせたのなら、本当にごめんなさい。

さやかの近くにいてくれて、本当にありがとうございました。あなたのこれからの人生がたくさんの幸せであふれるよう、心から願っています。本当に、ありがとう。

さやかの母より

そんな手紙だった。私は、なんだか胸が、もう、なんか大声で叫んで走ってどこかに行ってしまいたくなるぐらい、胸がぎゅううとなって、涙が止まらなかった。

それは、彼とお別れしたことが悲しくて泣けてくるやつじゃなくて、ああちゃんの、ああちゃんがどんな想いで、名古屋から、初めて生んだ娘を、送り出したのか、どんな想いで、わが子と離れて暮らすことを必死の思いで受け止めて、願って、離れて暮らす私を思ってくれていたのかを、その手紙で思い知ったからだった。

いつも、もうだめだ、もうできないと泣き喚(わめ)いて地べたに座り込んで動けなくなった私を、力ずくでなく、自分でもう一度立ち上がって歩こうと思わせてくれるのは、かけ値なしの純粋なああちゃんの想いと、まっすぐな言葉だった。

このときもまた、私はああちゃんに救われたんだ。彼にこの手紙を渡したとき、彼はぼそっと、こう言った。「どうしてああちゃんは、俺のことを一言も責めないんだろう」。ああちゃんは、どんなことがあっても、さやかの大切だった人だから。と、相手の幸せも心から願う、そんな人だ。

　ああちゃんはパパとずっと仲が悪くて、友達もあんまりいなくて、だれにも理解されない子育てをしていた。みんなああちゃんを責めて、特に私は初めての子どもで、どうやったら泣き止むのか、なんで泣いてるのかわからなくて、もう私を苦しめないで、と泣き止まない私の隣でああちゃんも大泣きしたことがあったんだって。

　ああちゃんは鬱診断を受けていた。精神科に、だれにも言わずに通っていた時期もあったくらい、思いつめていた。いわゆる育児ノイローゼだった。

　どうしていいかわからず、大泣きしているああちゃんに向かって、私が突然、さっきまで泣いていたのに、笑いかけた。泣かないで、ってさやかがあのとき、私に言ってくれてるようだったって、ああちゃんはいつだったか話してくれた。

　そのときに、ああちゃんは、ああ、この子が笑ってくれるなら、それだけでいい、もうほかに何もいらない。この子の笑顔のために、私は生きようと思った。「さやちゃんは、ああちゃんにとって人生のなによりもの希望で、生きがいなんだ。あのとき私を救ってくれた、天使なんだ」。ああちゃんは、そのときのことを絵と、言葉で書き記したスケッチブックを見せてくれた。

だから、私が慶應に受かったとき、ああちゃんはうれしそうな、でもどこか、寂しそうな感じだった（その横でパパは、娘が慶應に行くなんて！　と大喜びして万歳してた）。

正直言うと、さやちゃんはきっと慶應に受かると、ああちゃん信じてたけど、やっぱり、本当に、この日が来てしまったんだ、とどこか信じたくない気持ちも実はごめんね、あったんだ。親のわがままで、この子の人生を決めちゃいけない。この子の意志を変えさせちゃいけない、とああちゃんは自分に言い聞かせ、自分の気持ちをかき消すかのように、私の合格を願ってくれていた。それくらい、ああちゃんにとって、わが子と離れて暮らすことは大きいことだった。そんなふうに、ああちゃんは相当な想いで私を送り出してくれたんだ。

なのに、たかだか失恋して、ちょっと人間関係がうまくいかなくなったことでもう逃げようとしていることに、私は情けなくなった。

ここで逃げたら、また振り出しに戻る。せっかく自分の手で開いた道を、また閉ざしてしまうことになる。彼と別れてよかった、といつか思えるくらい、私は最高に楽しい人生を送るんだ。その手紙を見て、そう思えた。

私も、彼にありがとうを伝えて、ちゃんと前に進もう。もう一度ちゃんと歩こう、って、すこしずつ前の私に戻っていくことができたんだ。

お皿ふきと灰皿ふきと、涙ふき

先にも述べたように、私は大学受験に合格してすっかり遊び呆(ほう)けた。では、大学時代一体なにをしていたのか？　人に出会いまくっていた（聞こえがいいように言っている）。だって、坪田先生に「たくさんの人と出会っておいで」と言われたから！（いいふうにとらえた）

そこで私は、サークル活動はもちろん、大学1年生から知人の紹介でインターンを始めたりした。東京ガールズコレクションというファッションイベントの裏方のお仕事をさせてもらったりして、そういう経験値だけは着実に積んでいたのだった。ちなみに、このとき〝読モ〟（読者モデル）と呼ばれる女の子たちのアテンドを担当したりして関わることが結構あったのだが、読モと呼ばれる子たちは往々にして顔はかわいいが態度がでかくて裏表がある怖い生き物だ、ということを知った（全員ではない）。

このころの私はとにかくお金がなかった。服は、インターン先の会社の女社長さん（私は超生意気で常識知らずの、使えないアシスタントをさせてもらっていた）のおさがりばかり着て、毎日セブン・イレブンのおでん（はんぺんと白滝）で食いつないでいた。

そろそろバイトも始めたい、と思い、家の近くでバイト先を探した。私は、下北沢に住んでいた（学校までは1時間半かかるが、どうしても都会に住みたくて）。

夜中12時ころ、友人とジャージ姿でスリッパをはいて、下北沢の町を「バイト探しの旅」と称して練り歩いた。情報誌のようなもので探したくなくて、実際に見てご縁がありそうなところをフィーリングで決めよう！　と思ったのだ。

友人とおしゃべりしながら1時間ほど歩いていた。何も考えずに細い道も大通りも一通り歩いたころ、一本の裏路地に入った。明るいメインストリートとは違い、暗くてひとけもなくなるその路地に、いい感じの居酒屋がふと右側に現れた。そこには古い母屋なかんじの玄関があって、あったかい店の中の光が漏れているような佇まいだった。

営業は終わっているようだったが、中に人はまだいた。表に「バイト募集」の張り紙があったので見てみる。隣には、「社員旅行でハワイに行ってきます（見栄はりました、本当は熱海です）」というふざけた張り紙が貼ってあって、笑ってしまった。

なんかこのお店楽しそうだな、と思っていると、中からお兄ちゃんがガラガラっと扉を開けて出てきた。「バイト探してんの？　採用してやるから、明日、履歴書持って来いよ」と言うのだ。突然のことで、茫然としていて、「はあ」と気の抜けた返事をしてそのまま帰ってきた。坪田先生の言葉がこのとき浮かんだ。「ご縁を大切に、人との出会いが君の人生を大きく変えるよ」

いろいろ考えたけど、あの店雰囲気よさそうだったし、明日ほんとに行ってみようかな、という気になってきた。ていうか、そもそも採用してくれんなら履歴書いらなくねえか？　と思ったが、一応、履歴書に貼る写真も駅前のなんかボックスみたいなとこで撮って、貼って、持って、行ってみた。

そうやって、私の大学生活初のバイトがその店で始まった（ちなみに高校のときは学校に内緒で中華料理屋でバイトしていた。先生が店にお客さんできちゃって、裏口から逃げたり、してた）。

バイト初日、予想外なことが起きた。私はてっきり、ホールスタッフとして採用されたのだと思い込んでいたら、なんと、洗い場だった。洗い場なんて聞いてない。けど、断れないから、しぶしぶ洗い場に入る。私より少し前に入った男の先輩が、洗い場のノウハウとやらを教えてくれた。私は不機嫌そうに「はあ」と気の抜けた返事ばかりしながら一通り聞いて、営業が始まってどんどんやってくるお皿をとても丁寧に洗い始めた。

するとその先輩が、「見てて」と言って、まずは種類別にシンクの中にお皿を分けていって、そこからめちゃくちゃな速さで、お皿をさばいていき、食洗機のなかに詰めて稼働させる。山のようにあったお皿が一瞬でなくなった。どや！　みたいな顔で見てくる（うざい）。

きくと、その先輩の本名はゆうすけ、と言って、4か月前にバイトで入ったんだそう。私より5つ上の先輩で、実は一回わけわからず勢いだけで「ゆう家（ゆうや）」という店を出したんだけどお客さんこなさすぎて潰れちゃったんだそう。それで借金ができちゃって、一から飲食を学びなおそうと思ってここに入ったんだ、と熱く語った。その人の胸には「ゆうや」と名札がかかっている。「店長にその話をしたら、そのときの悔しさ忘れんな、とゆうやって名付けてもらったんだ！」へえ。熱いっすね。私の感想はそれくらいだった（興味がないものには、あからさまに興味がない）。

それにしてもあんなに早くお皿を洗えるのすごいけど、私もあんなにやらないとだめなの？　まじ？　と内心憂鬱だった。あんな速さ無理だし……。

なので私は自分のスタイルを貫くことにした。先輩の視線を横目に、ゆっくり、別段早く洗おうともせず、それはそれは丁寧に汚れを落として食洗機に入れる。それを繰り返す。そして先輩がキレる。「ねえ、やる気あんの？」。ねーよ！　あんたよりはな！　と心の中で叫んでやった。

そんなかんじで私のバイト初日が終わった。次の日もシフトに入っていたので、一応行く。また、その先輩と洗い場に入る。また昨日みたいな空気の悪い洗い場が始まった。

それにしてもこの店、開店時間から閉店時間まで、ずっと満席だ。大量のお皿が私を襲ってくる。「おい、この種類のお皿がたんねえぞ！　早く洗ってくれ‼」と社員さんに叫ばれる。私はいよいよ、泣きながらお皿を洗っていた。私は布を3枚持ってた。お皿ふき、灰皿ふき、涙ふき。つらい。もうやめたい……こんなの聞いてない。よし、今日の営業が終わったら、あの、店長さんにはっきり言おう。そう決めて、泣きながらお皿を洗い続けた。

すべてのお皿とグラスを洗い終わり、食洗機を閉めて、掃除を終えて、店長のところに行った。「おう、さやか、おつかれ。どうだ？　慣れたか？」店長はわざと明るく声をかける。たぶん、何かを察してる（まあ私の顔みりゃだれでもわかるレベル）。「少しいいでしょうか……」と言うと、やっぱり、って顔した店長はほかの社員から少し離れた席に連れて行ってくれた。「2日分の給料はいらないので、辞めさせてください」。なんかすぐ辞めちゃって、申し訳ないなあなんて考えながら、まあでもまじ続けるの無理だしなあと、意を決して話をした。

すると店長は、「みんな、そう言うんだよね」と笑った。「もうね、さやかの前にも、何人も、女の子は特にみんな、初日でバックレちゃうんだ。話してくれただけでも、うれしいよ、ありがとう」。そりゃそうだろうな、と思った。

「本当に、この店の洗い場はつらいと思う。とても大変なことをお願いしていると思ってるよ。でもね、あと1週間だけ、頑張って続けてみてほしいんだ。そしたら必ず、サービス業のすばらしさを、お前に教えてやれる自信がある」

その店長は、泣いてるのかな？　と思うくらい、キラキラな目でまっすぐ私を見て、そう言った。私は、「……断りづれえ……」と思った。なんかこの店の人みんな熱いよ……なんなんだよ。

店長のまっすぐすぎるキラキラな目を前に、「いや、でももう辞めます」ととても言えなくて、「じゃあ、あと1週間だけ……」と私は流されて、断り切れずにとりあえずもう少し続けることにした。あと1週間、約束どおり続けて、それからやめよう、そう決めた。

元気を喰わせる店

相変わらず、ゆうやさんはうざかったけど、3日目、4日目、と続けていくうちに、私のお皿を洗う手は次第に早くなっていった。「お？　さやか、洗い場慣れてきたね！」「ゆうやよりできんじゃない⁉」なんて店長や先輩たちが褒めてくれるもんだから、調子に乗ってもっと早く、もっときれいに仕上げられるようになってきた。やっぱり、勉強と一緒で、できないものはきらいだし、できるものは好きになる。ちょっとできるようになって人に認められたり褒められたりすると、もっとできるようになりたいと思うのが人間という生き物だ。

私は、まわりがびっくりするくらい洗い場を楽しめるようになってきた（単純だ）。お皿の山をすぐに片づけられるようになった私は、デザートを用意する余裕ができてきた。先輩に一生懸命、デザートの作り方（とはいえ、できてるものをお皿にのせてバーナーであぶるだけ、とかなんだけど）を習っている様子を見た店長が、「さやか、自分で出してみな」と言ってくれて、ちょっと緊張したけどお客様に自分で持っていく。するとホールにいた先輩が、「この子、さやかって言って、最近バイトで入った女の子なんですよー、かわいがってやってください！」と紹介してくれて、「わーよろしくね」と常連のお客様カップルが優しく受け取ってくれた。私はなんだかとってもうれしくて、ますますお皿を早く洗って、デザートを、いつ言われてもすぐ、出せるように張り切った。

営業後は、店長や先輩たちがよく飲みにつれて行ってくれた。みんな、お酒とごはんが大好きで、いろんな店に行っては、自分はいつかこういう店を出したいんだ、とか、今日のおまえのこういう接客すげえよかったよ、とか、最近あのお客さん、きてないね、どうしたんだろ？　とか。ずっとずっと楽しそうに、酔っ払っても、ずっと、朝が来るまでみんな飲食店談義に花を咲かせるのだった。

この人たち、ほんとにこの仕事が、大好きなんだなあ、って、みんな少年のように見えてきて。私は、この店に出会えたことを、だんだんと運命のように思えてきたのだった。

気づいたときにはもう、私がこの店で洗い場のバイトを始めて1週間はゆうに過ぎていた。すっかり洗い場にも慣れて、たまにホールに出させてもらえるようになり、店内をゆっくり見渡せる余裕も出てきた（あのうるさいゆうやさんも、私に洗い場を任せられるようになったのでホールに出て楽しそうに走り回っていた。ちなみにゆうやさんは今、独立して、二子玉川（ふたこたまがわ）っていう街でめちゃくちゃな繁盛店をやっている！）。

私は、あることに気づいた。その店は、下北沢でも一番と言っていいほどの繁盛店だった。そのころは特にすごくて、毎日、2時間待ちの列が外にできているほどだった。それなのに、昨日も来てた人が、今日も来てる。メニューは変わらないはずなのに、わざわざ、なんで？　と思うくらい。

でもその意味がやっとわかった。この人たち、この店のごはんを食べに来てるんじゃない。この店のスタッフに、会いに来てるんだ。

「当店は旨いもんを喰わせるところではありません。元気を喰わせるところです。あしからず」と張り紙がしてある入口の扉をガラガラ、と開けて入ってくるお客様に向かって、店内にいるスタッフみんなが「あー！　〇〇さんいらっしゃい！　久しぶりじゃないですか！　待ってましたよー！」とめちゃくちゃうれしそうに迎える。お客様も、店員全員の名前を言えるような人が多かった。それで、仕切りのない広い店内はみんなの笑い声と笑顔であふれ、一体感というかライブ感でつながって、本当にみんな、お客様もスタッフもみーんな、楽しそうにしているのだった。

ときには、おっきな鐘をスタッフの一人が鳴らして、「お食事中すいませーん！　今日お越しいただいている方の中に誕生日の方がいらっしゃいまーす！」と言ってみーんなでお祝いしたり、ときにはスタッフの誕生日や引退、結婚をみんなでお祝いしたりもした。

もう本当に毎日がライブで、私は洗い場から、何度か泣きそうになるのをこらえなくてていはいけないほど感動する毎日だった。こんなに楽しそうに働いてる人たちを、すげえと思った。この店、すげえ。こんなに人を幸せにしてあげられる空間、見たことない。スタッフもお客様も、どちらが上とか奉仕する、とかではなくて、ほんとに一緒に楽しんでいて。私はいつか、この人たちみたいに、だれかをたくさん笑わせてあげられる空間を作りたい、と思うようになった。

「居酒屋っていいよな」。店長が少年のように笑った。店長が言ったとおり、私はすっかりその店と、その店のみんなのファンになり、シフトがはいっていないときでも友達を大勢連れて飲みに来て、私の友達もみんなその店が大好きになった。

その店は、私の居場所だった。そして、これが私にサービス業の素晴らしさを教えてくれた場所と、恩師との出会いになった。

リッツ・カールトンホテルに面接を申し込む

私にサービス業の素晴らしさを教えてくれた居酒屋でのバイトは結局、大学卒業ギリギリの3月まで続いた。2日でやめようと思ったバイトだったが、結局2年半お世話になることになった。

入って数か月後には洗い場からホールに昇格して、より一層楽しくなってバイトに精を出した。じきに就職活動の時期になる。慶應大学の同期たちは、それはそれは一生懸命にＯＢ訪問や自己分析などをやっていて、私もそろそろやんなきゃなあ、ってかんじで就活をゆるゆる〜っと始めた。

まわりはみんな、テレビ局とか広告代理店とか大手銀行とかばっかり受けていた。でも私はどうも興味がわかなかった。広告代理店とか私も受けてみたんだけど、面接で「あのう、広告代理店って、一体なにしてるんですか？」ときいたら落ちた。だって調べても、人に聞いても、それでもよくわかんなかったんだもん。

自己分析とやらをしてみる。自分はなにをしているときに楽しいのか？　どんな人生を送りたいのか？　自分が思う自分って、どんななのか。ノートに書きまくる。やっぱり軸になるのは、「君は、人のことが大好きな人なんだよ」という坪田先生の言葉だ。

私は人が好き。これは、大学時代も変わらなかったし、ますます、人が好きになった。名古屋にあのままいたら、出会えなかった人に、たくさん出会えた。

慶應大学内だけじゃない、大学入学を機に、私の世界は音をたてて広がっていった。それ以前とは比べ物にならないくらいのたくさんの出会いに恵まれた。私は出会い運があることが自分の唯一の取り柄だと思っていて、この才能のおかげで奇跡的な出会いがたくさんある人生をいまも送れてる。だから、人生何とでもなると思ってる（他人頼み（にんだのみ）。

やっぱり、人に関わる仕事がしたい。あの居酒屋の先輩たちみたいに、目がキラッキラの働く人になりたい。私、サービス業につこう！　と思った。

それで、坪田先生に「私、サービス業につきたいと思ってるんだよね」と話をした。すると先生が、「じゃあ、これすぐに本屋に行って、買って読んでみて」と一冊の本を紹介してくれた。

その本が『リッツ・カールトンが大切にするサービスを超える瞬間』（高野登著　かんき出版）だった。その足ですぐに本屋に走って、その本をゲットし、帰りの電車の中で黙々と読む。

涙が、止まらなかった。この気持ちはいつかどこかで味わったことがある。坪田先生に初めて会ったときだ！　あのときと一緒の気持ちがする！　と思った。ワクワクが止まらなくて、これだ、これが私が進むべき道だ！　と思った。

その本には、全世界にあるリッツ・カールトンホテルという5つ星ホテルで起きたエピソード、リッツが大切にしている信条（クレドと呼ばれる、行動指針や信条みたいなもの）が書いてあった。

リッツのホテルマンは、みんな、常にお客様の予想を超えるサービスを心がけていて、その瞬間、お客様にとってホテルが提供するサービスは、「感動」に変わるのだということ。その本からは、そのことをホテルマン自身が楽しんで、ワクワクしている光景が見えるようだった。

仕事を心から楽しむ、誇りに思う。あの人たちと一緒だ。私が思い出したのは、私がバイトをしていた居酒屋のみんなだった。目をキラキラ輝かせて、爆笑しながら仕事してるあの人たちだ。そう思った。

私の就活ノートには、こう書いてあった。「あの居酒屋を超える。店長をはじめ、あの店のスタッフ全員と、いつか、肩を並べてサービス業を語れる人間になりたい。そんなサービスマンになる」

この本を読み切った後、私は決めた。あの店を超えるには、ここしかない。リッツ・カールトンホテルに私は入社する！

こうと決めたらまっしぐらな私は、すぐにネットで採用情報を調べる。出てこない。ほかのホテルはいくつか出てくるのにリッツはどこにも出てこない。仕方ない。翌日、私はリクルートスーツを着て、六本木にあるリッツ・カールトンホテルのフロントに行った。「すいません、こちらに入社したいんですが、面接をしてもらえないでしょうか？　お願いします!!」

私ほどここに入ったほうがいい人材はほかにいないということ、この本を読んで、どれだけ感動したかということを、ホテルのフロントのお姉さん（ほかに行くところが思いつかなかった）に力説した。

するとお姉さんは穏やかに、うなずきながら全部聞いてくれて、「かしこまりました、そのようにおっしゃっていただき、とてもうれしく思います。ありがとうございます。少々お待ちいただけますか？　人事部の者に確認してまいります」と言って、奥に入っていった。

久しぶりに緊張している。この日も雨が降っていた（たぶん、雨女は私だと思う）。傘を握りしめていたのを覚えている。リッツには似合わない、ボロボロのビニール傘だった。

5分ほどして、さっきのお姉さんが戻ってきた。「大変お待たせをいたしました。人事の者に確認したところ、当ホテルは中途採用のみさせていただいているようでして、新卒採用はあいにくやっていないようでございます。大変申し訳ございません。いつか、ご一緒できますことを、心から楽しみにしております」

今思えば、なんという神対応なのだろう、と思う。リッツほどの5つ星ホテルが、新卒採用などやっているわけがないのだ。そんなのは、最初から、フロントのお姉さんだってわかっていたはずなんだ。なのに、なのに、わざわざ確認してくださった（もしくは確認するふりをしてくださった）。

私は、よし、リッツにふさわしいサービスマンになって、ここに戻ってくるぞ、と心に決めてホテルを後にした。私はリッツ・カールトンのもっと、ファンになった。

ちなみに、その数年後、私は再びリッツ・カールトンホテルに来ることになった。ウエディング業界でお世話になっている方に、さやかちゃんに会わせたい人がいる、と誘われたのだ。わけがわからず指定されたリッツの中にあるレストランに行ってみると、そこには、あの本の著者・高野登（たかののぼる）さんが座っていたのだった。

「初めまして、リッツ・カールトンホテルの元日本支社長・高野登です。さやかさんですね？　ずっと、お会いしたいと思っていたのです」

私は、初めて緊張で手が震えて、自分の名刺が上手に渡せない、という経験をした。あの本を書いた人……感動して泣きそうだった。高野さんの手には、ビリギャルの本が抱えられていた。「サインをもらっても、いいですか？」と、高野さんが言うのだ。そういえば、「高野さんの本を持ってきてもらえませんか？」と誘ってくださった方に言われていて、私も高野さんの本を持っていた。私たちはお互いの本（ビリギャルの著者は坪田先生なんだけど）にサインをしあって、ランチをしながら、いろんなお話をさせていただいた。それ以来、高野さんは私が尊敬してやまないメンターの一人だ。人生って何が起きるかわからない。私は結局、リッツのホテルマンになることはなかったが、こうして、最高のメンターに出会えた。

「あのとき、さやかさんがリッツに入っていたら、僕たちはきっと、ただの上司と部下でしかなかったでしょう。だから、あのとき入社しないでくださって、ありがとうございました」と高野さんはいつだったか、私に言ってくれた。

人生って、なにが起こるかわからない。でも、だから、面白い。ああちゃんの言うとおり、意味のないことは、ひとつも起こらないんだ。

どうしてもできないロールプレイング

リッツに入れないとわかった私は、サービス業の最高峰とはいったい何だろう、と考えた。居酒屋は日常。ホテルは非日常。非日常……ほかにももっとあるはず。

そうして私が行きついたところが「結婚式」だった。ウエディングプランナーだ！そうだ、ウエディングプランナーは、一生に一度（ほとんどの人が）の大切な日をお手伝いする仕事。失敗が許されない、そして新郎新婦だけじゃない、おふたりの大切なゲストの皆様に最高のサービスを提供して差し上げる仕事。これしかない、そこで修業して、私はリッツに戻ってくるぞ、と意気込み、帰ってすぐにウエディング企業に片っ端からエントリーした。そこからいろんな会社の面接で「ホテル」についてなぜか熱く語った（リッツが忘れられなかったらしい）。

ある大手のウエディング会社の面接で、いつものようにホテルについて熱く語っていたら、とんとん拍子で最終面接のひとつ手前まで行った。そこで、こんなお題を出された。

「いまから、あなたの目に見えるもの、なんでもいいですので、私をお客様だと思って営業してください。私がそれを買いたい、と思えるように魅力を伝えてください」

それはつまり、芝居をしろということか？　私は、幼稚園のときから「芝居」めいたものがとにかく嫌いだった。嘘をつくとまでは言わないが、そうでないものを、そうであるように見せかけたり、思いこんだりする行為がどうしてもできなかった。それをやることは恥ずかしい、と思ってしまうふしがあり、この「ロールプレイング」と呼ばれる行為は私にとって一番苦手とするものだった。

でも面接なので、仕方なく、スーツの胸ポケットにさしてあったボールペンを取り、それを売ることにした。「えっと、これはですね、あのいま期間限定でとても安くなっていて、でもこの期間じゃないと倍くらいの値段でですね……あ、あの最近ではブラピが同じものを持っているらしいです、なのでもう多くのお客様が寄ってたかって買いに来て、大人気の商品です……」

芝居をしなきゃいけないなんて恥ずかしすぎる。思ってもないことを、さも思ってるかのように話すのは、本当に苦手だ。終わった、と思った。面接官も、「こりゃだめだ」というふうに呆れて笑っていた。私も情けなく、笑った。帰ろう……そう思った。

面接官が「では」と切り出す。「もうひとつ。目に見えないもの、何でもいいです。私に紹介してください。魅力が伝わるように」と言った。

そんな簡単なこと！　任せろ、と思った。これなら、芝居じゃなくて、本当に思ってることを話せばいいんだ。これは私の得意分野だった。目に見えないもの。いまここにないもの。この人が知らなくて、私が知ってるもの、この人に知ってほしいもの、紹介したいもの……やっぱり人しか浮かばなかった。

一番最初に浮かんだのは、ああちゃんだ。私のお母さん。たぶん、世界一いけてる母ちゃんだ。いや、でも待てよ、きっとみんなこのお題、お母さんのことしゃべってるかもしれない。うん、ここは母です、というと「またか」と思われるかもしれない。と思ってやめとくことにした。

二番目に浮かんだのは、やっぱり坪田先生だ。「私の人生を変えてくれた、恩師の話をします」。そう言って、私は高校2年まで全然勉強しないで、大学なんて行くつもりなかったんだけど、この人に出会って頑張れて、いまここに、いられるんだということ。坪田先生は学校の先生とは違って、私の話をちゃんときいてくれた初めてのオトナだったこと。どんなときも私を信じて、支え続けてくれたこと。慶應に受かったとき、泣きじゃくって喜んでくれたこと。いろんな話を、泣きながら話した。もう、あたりを見渡すと、ほかの組はとっくに面接を終えていた。

私の前に座っていた面接官は、じっと私が話し終わるまで、聞いてくれていた。

「素敵な、先生なんだね」と面接官が言った。

「君ね、次、最終面接に行ってもらいます。さっきは、だめだと思ったけど、今の話、とっても良かったよ。君は本当に大好きだと思っているものを語らせると、ぴかいちだ。次の面接、頑張れよ」

また、坪田先生に助けてもらった気がした。先生の話をしただけで、私はこの会社に受かりそうだ！　と舞い上がってスキップで帰った。そして、最終面接も無事クリアし、私はこのウエディング企業にウエディングプランナーとして入社することになった。

「居酒屋を超えてやる！」と意気込んで入社してくる奴はきっと私ひとりだったと思う。ここから私のウエディングプランナー時代が始まった。

自称スーパーウエディングプランナー

そんなこんなで、下北沢のとある居酒屋と、一冊の本との出会いが、私を天職に導いてくれて、私は大学を卒業後、ゲストハウスウエディング会社のウエディングプランナーになった。ウエディングプランナーは、サービス業の最高峰だと今でも思っている。

だって、「家族のはじまり」の瞬間に立ち会うのだ。こんな、またとないスペシャルな瞬間に立ち会いまくれる仕事はそうはない。たくさん担当させてもらったけど、一組として同じ結婚式って、ない。ひとつひとつの結婚式に必ずドラマがあり、ストーリーがある。それをどう引き出し、結婚式当日に表現できるか（形はさまざまだが）がプランナーの腕の見せ所だったりする。

私は打ち合わせで新郎新婦とお話しするのがとにかく楽しくて、そうやって打ち合わせで話していたことが当日、形になるのを見るのがほんとに大好きだった。

2年半くらいその会社でプランナーとして従事することになるのだが、ここでたくさんのことを学んだ。働き方で言うと、はっきり言って、とてもきつい職場だった（内緒ね）。残業時間は多く、それもサービス残業がほとんどだった。深夜2時を超えるまで仕事をして、翌朝また8時に来る、なんてざらにあった。帰る時間がもったいないからこのままここに泊まらせてくれないかなあと何度も思ったくらい、ほとんど会社にいた。

休日出勤して溜まってる仕事を終わらせることが毎週の日課になっていて、たまに一日休みがあるとえんえんと寝溜めする。そのころの唯一の楽しみはスーパー銭湯に行くことと、韓流ドラマを見続けること、だった。そんなサラリーマン時代に思いっきり仕事をやりまくったので（忙しすぎて蕁麻疹が一年中、治らなかったけど）、いまどれだけ忙しくても、あのときに比べたら……とだいたい乗り越えられるのでありがたい。そして不思議とどれだけ忙しくても心は常に満たされているのだった。

私はここでもやっぱり仲間に恵まれた。大好きな同期と先輩後輩上司に囲まれて、「おまえ、ほんとに慶應？」と言われながらたくさんの人に育ててもらった。

ちなみに、私が敬語を覚えたのはこの会社に入ってからだ。いくらコミュ力が高くても、敬語が使えないプランナーはさすがにまずい。ので、敬語をめちゃくちゃ練習した。でも私流のお客様との仲良くなる方法は、あえて要所要所、楽しくてつい、ため口になっちゃった！　ってかんじでくずすスタイルで距離を縮めたりしてたんだけど、でも丁寧な敬語はここでマスターしたし、お手紙の書き方も覚えた。ちょっとやんちゃっぽい新郎新婦は真っ先に私に担当が振られた。今もお友達としてなかよくさせてもらっているご夫婦もたくさんいて、多くの方が赤ちゃんが生まれたことをうれしそうに知らせてくれる。

自分で言うのもなんだが、だれよりも担当指名が多いウエディングプランナーだったと思う。新規接客も成約率は高かったし、やっぱりコミュ力って大事だと思った。私、人のこと大好きで、よかった！　とこの時期、一番思ったものだ。

そんな私だが、新入社員時代はやっぱり、多くの上司を困らせた問題児だった。やっぱり自己肯定感が高く、正直、一番になれる気しかしねえ、と入社当時から思っていた。

中学から磨いたコミュ力で、相手のタイプや雰囲気を見て自分の立ち位置やキャラクターを調整することは癖になっていた。初対面の人と仲良くなることなんて朝飯前だ。初めての打ち合わせで、だいたいのお客様とめちゃくちゃ仲良くなった。

ウエディングプランナーという仕事は、結婚式を挙げる予定のカップルの式場見学のアテンドから、成約された新郎新婦の結婚式の準備のお手伝い、当日必要なものの手配や各部署との連携情報共有、当日の進行まですべてやる。
「新規」と呼ばれるのはいわゆる営業のことで、「ゼクシィ」などにのってる写真とかでこの会場いいな、見に行ってみようかな、となったカップルの会場見学をご案内して、成約してもらえるように営業をするお仕事。「施行（せこう）」と呼ばれるのはいわゆる結婚式の中身を一緒に決めていくお手伝いで、こちらがウエディングプランナーのメインのお仕事。ドラマで見るようなやつはこっちのこと。新入社員で入った私は、どちらの班になってもいいようにどちらの練習もする。いきなりお客様の前に出て接客すると失礼になってしまうので、同期同士で接客の練習をしたり、先輩に見てもらったりして流れや話し方を繰り返しやりながら覚えていく。

その際によくやるのが、ロープレと呼ばれるもの。出た！　私が面接のときにやって大変悪い出来だった「目に見えるものを売ってください」という、あれだ。

私という人間は、本番じゃないと本領発揮できないのだ。でもまわりの同期はロープレを真剣にやってて、私だけずっとふざけてた（ほんとにマジで、できないんだ）。本番はちゃんとできる自信があった。目の前に座ってるのが本物のカップルだったら、絶対に即決させられる自信あるのに。そう、私ってばやっぱり自己肯定感がスーパー高いので、根拠のない自信がいつだってあるのだった。

あんたが売ってるのは100円のバナナね

会社の新規営業のスペシャリストみたいなおばちゃん（めっちゃ偉い人）がある日、私の事業所にきて、私たち新卒全員の新規営業のロープレを見る、という地獄みたいな研修があった。私は、面接と同じ感じで、適当に（見えるだけで、結構真剣にやってぃる）ロープレをやって見せた。するとそのおばちゃん上司は私にこうやって言った。

「あなたが売ってるのは、結婚式じゃないわ。100円のバナナね」

かっちーーん。見てろよ、必ず一発目で即決とってきてやる！　と私の闘志に火が付いた（負けず嫌いなのでこうなった私はわりと最強になる）。それから、だれかに見られてるとできない、という自分の特性がわかったので、自分ひとりでロープレに励み（ほんと、だれもいないところで目の前に妄想でお客様を作り出し、ひとりでぶつぶつ言い続ける、という練習）、私は完璧に新規接客の流れをマスターした。

そしてある日、上司に呼ばれ、「おまえそろそろ出てみるか、新規。だれかつけるか？」と言われた。「一人で行かせてください。必ず即決していただきます」と意気込んで接客に一人で出た。ちなみに即決、とはその場で契約してもらうこと。結婚式場の競争は激しいので、その場で契約を結んでもらい、何ならその場で前金と呼ばれる契約金をいただくことが新規営業の一番の目標だった。

私が高校生だったとき、体育の授業で学校の行事であるマラソン大会に向けて同じコースを実際に走る、という授業があった。私は走るのとか、超だりい、と言って毎回そのマラソンコースを友達5人くらいでぺちゃくちゃしゃべりながら、のうのうと歩いて1時間を終えていた。

ある日ちょっとゆっくり歩きすぎて、授業時間内に帰ってこられず、次の授業時間にさしかかってからゴールしたとき、先生にぶちぎれられた。もうそれはそれはキレていて、めちゃくちゃ怒られた（当たり前なんだけど）。何言われたか忘れたけど、私もだんだんむかついてきて（これを逆ギレという）わかったよ、本番見てろよ、とその先生に大口をたたいて、本番のマラソン大会では運動部の子たちに次いで、学年10番くらい（順位忘れたけど）結構上位でゴールした。

ちなみに、かなり無理して走ったので死ぬかと思ったが、それよりあの先生を見返したい気持ちのほうが強かったので、限界を超えて走り切って体調悪くした。私ってば、そういう人間である。社会人になってもそれは変わらなかった。

初めての新規接客の結果は、執念の即決だった。おふたりとすぐに仲良くなり、チャペル、会場と丁寧に案内した。

まるで何年かそこで働いている人のように、「この前こちらで結婚式を挙げられたおふたりは、ここから入場されてこんな演出をされて、最高に楽しいパーティーだったんですよ！」とまるで自分が担当したお客様の話をするように楽しそうに話し続けた（嘘じゃない。先輩が担当していた婚礼を見学してたんだ）。

ときには感極まって涙を浮かべながら（嘘じゃない、ほんとに話してると泣けてくるんだ）、いろんなシーンが見えるように会場内をアテンドした。サロンに帰ってきたおふたりが、ここに決めたい、と言った。さやかさんが担当してくれるなら。と。うれしくて泣きそうになった。これが初めての担当指名だった。

私はこうして、根拠のない自信を根拠のある自信に変えていき、ウエディングプランナーの道を歩み始めた。天職だ、そう思った。いまも担当したお客様すべてに年賀状を送っている（年に数組は返ってきちゃうんだけど）。私の知ってる新郎新婦が、お父さんお母さんになって、家族になっていくその様子を見るのが毎年の私の楽しみだ。

ウエディングプランナー時代、私は本当に毎週泣いてた。あんなに高いものを買ってくださっているのに、あんなに感謝される仕事って、ほかにあるんだろうか？　あんな素敵な出会いが毎週ある仕事って、ほかにあるんだろうか、と思う。

慶應出てサービス業に就く人はまわりにあまりいなかったけど、でも私は社会人になって初めてついた仕事がウエディングプランナーで本当に良かった。ここには書ききれないほどのたくさんの思い出をつくることができたし、いまでも忘れられない瞬間がたくさんある。やっぱり私は、人が大好きだ、と確信した。

第4章 ◆ ビリギャル、結婚する。

世間知らずな会社員

ウエディングプランナーになってからずっと、止まらずに（止まる暇がなかった）2年半くらい走り続けた。毎月何件も婚礼担当をさせてもらい、毎週おいおい泣いて、結婚式当日は、「お元気で！」じゃなくて、「また必ず会いましょうね！」って新郎新婦をお見送りして、そしてまた新たにお手伝いするお客様に出会う。そんな毎日を送っていた。ああちゃんには毎週の休みに、このまえはね、こんな結婚式だったんだ、おふたりからこんなお手紙もらったんだ、って全部、報告していた（子どもか）。ああちゃんは、「ああ、さやちゃんは本当に素晴らしいなあ」と毎度泣いていた（親バカか）。でも、3年目のころ、実は、新入社員時代からずっとあったもやもやがでっかくなってきちゃっていた。

私がいたウエディング企業は、わりと派手婚と呼ばれるような、ひとつの婚礼の売り上げが高めの、ちょっと豪華な、式場だった。もちろんそれに見合うだけの素晴らしいチャペル、大階段、おしゃれな会場があった。だから、たくさんのカップルがここで結婚式がしたい！　と成約してくださっていた。

でも、ひとつひとつがとにかく高い。結婚式って、金銭感覚がマヒしちゃう。普通に考えて、花束ひとつがこの値段っておかしいだろ！　みたいなことがまかり通ってる。私のお客様も、毎回ふくれあがっていく見積もりを見て頭を抱えていた。そんなおふたりを見ては、どうしたら見積りがもう少し下げられるか一緒に悩んで考えちゃうような社員だった。

私は、一生に一度の結婚式に夢を見て、そして大好きなゲストの顔を思い浮かべながら、一生懸命に準備されているすべてのカップルが、ほんとに大好きだった。

私は、かなりお客様に感情移入してしまうタイプのプランナーで、毎回、結婚式当日は大泣きして大変だった。必ず前日にお手紙を書いて渡すって決めて、泣きじゃくりながら渡すのが毎週の習慣で、私もたくさん担当したお客様からお手紙やプレゼントをもらって家の中はもうもらったものでいっぱいになった。お手紙はいまも宝箱の中に全部取ってある。なんて幸せなお仕事なんだろう、といつも思ってた。いまもたまに、元気がなくなったときは担当した新郎新婦さまとの写真を引っ張り出してきては、眺めてる。夢みたいな時間だった。

そんな、完全お客様寄りなプランナーであったがために、私はだんだん会社に違和感を持つようになってしまった。一緒に働いている上司や先輩、同僚は大好きだった。でも、一方で会社の方針に納得できない生意気な社員だった。なんでもっと、安くしてあげないんだ！　という大変未熟な不満を抱いていた。

今思えば、会社なんだから利益を出すのは当たり前だ。でもそのころの、感情だけで突っ走ってる駆け出しのプランナーの私にはそれがわからなかった。

いい営業成績を残した人を表彰する社員総会で、それはそれは立派な、なが――い赤い絨毯が敷かれて、表彰された人はそこを歩く慣習があった。その赤い絨毯が倉庫にしまってあるのを知ってた私は、大階段に赤い絨毯を敷きたい！　とおっしゃった新婦さまに、貸してあげてもいいですか？　と上司に聞いた。すると、5万円で売りなさい、と言われて憤慨した。なんというけちくさい会社なんだ！　と（いや、それが普通なんだけども）。

主賓の挨拶をされる方が持つマイクにお花をつければ、そこでもまた1000円、ケーキ台に花びらをまくとまた5000円、少しでも見積もりを高く、高く。それが私にはできなかった。数字に追っかけられて、疲れてしまった私は、退職しようと決めた。このままもやもやを抱えながら、結婚式のお手伝いをすることはできないと思った。

だから、入社して約3年で、大好きな仲間たちに見送ってもらってこの会社を卒業した。辞めるときも、それまで担当したお客さんがたくさん会いに来てくれた。私は、出会い運だけはあるんだ、いつも。

仕事が楽しければアフター5は要らない

その後、私は定時で帰れる名古屋の専門商社に入社した。自転車のサイクルパーツをサイクルショップに卸している会社だ。ウエディングプランナーから、なぜこの会社に転職したのかというと、とくにこれと言って理由はない。ご縁があった、というだけだ。あとは、定時で帰れる。それが理由だった。

しかし、常に人に関わる仕事しかしたことがなかった私には、とてつもなく、つまらなかった。睡眠時間が3時間しかなかった毎日のほうが、まだ生きた心地がした。私はやっぱり人に関わる仕事しかだめなんだ、と実感した。

でもやっぱり、ここでも人に恵まれた。社長をはじめ、たくさん大好きな人ができた。ゆっくりランチを食べる、という経験をここで初めてした。ウエディングプランナーだったときは、事務作業をしながらおにぎりかサンドイッチ、もしくはカップラーメンを一瞬で食らう、みたいな毎日だったので、こんな贅沢なことはなかった。自分でお弁当を作ってみたりなんかもして、毎日みんなでおしゃべりしながらお昼を食べて、OLさんってこんな感じかあ……とアフター5を手に入れた。

しかしもうひとつ気づいたことがあった。アフター5なんか別に要らないってことだった。早く帰れたところですることが何もない。人間は実に、ないものねだりな生き物だ。今現状にある不満ばっかり、文句ばっかり言うんだ。

そんなとき、東京でウエディング事業を始めたばかりのベンチャー企業の社長に、声をかけられた。大学時代、少しインターンをしたことがある、ほんとに小さな会社だった。まさに、安くてもいい結婚式を、誰もがあげられるようにしたい、という社長の思いに共感し、ドベンチャーだったので不安定ではあったが、行こう、と腹をくくった。私やっぱり、人に関わってないと、死んじゃうわ、そう思った。

半年しか働いてないのに、私はサイクルパーツの専門商社の社長に正直に、「やっぱり、サービス業がやりたいです。本当に申し訳ありません」と謝った。社長は、「うん、そう言うと思ったよ」と優しく言ってくれたのだった。

「でもね、世の中には、熱い思いを持っていても、うまくいかないこともある。だから、そうなったときは戻っておいで。いつでも待ってるよ」。私は、なんという出会い運の持ち主なんだろう、とこのときも思った。社長に深く深く頭を下げて、私はこの会社を半年で退職した。

東京に戻った私は、またウエディングプランナーとして働いた。水を得た魚のように生き生きと働き始めた私だったが、前の、大手の企業と違っていろんなものが整っていない環境を整備するところから始まった。

社員が5人しかいないその会社で（ちなみにいまは社員が30人以上いる会社に急成長してる！）、ウエディング事業のマネージャーとして従事する中で、ここでもまた多くのことを学んだ。

式場を持たず、提携先の式場やレストランでプロデュース会社として入らせてもらい、結婚式のお手伝いをするという、同じウエディングプランナーでも、今までとは全く違った環境で一から頑張らなきゃな状況だった。

初めて入る会場では、大荷物を抱えて「今日はよろしくお願いします！」とキッチンさんやスタッフさん全員に頭を下げ、一人だけよそ者状態で、煙たがられながら進行する、ということもよくあった。理不尽なことでレストランの人にキレられたり、ゲストにもあまりいい接客をしてもらえなかったり、私はお客様を守るのに必死だった。悔しくて泣けてきたこともある。

今まで、どれだけ守られて働けていたのかを、知った。文句ばっかり言ってた自分をぶん殴ってやりたかった（そう、私たまに自分のことぶん殴りたい衝動にかられる）。

そして、たったひとりで知らないサービスマンさんの中で進行することで、仲間と、チームみんなでひとつのものをつくりあげる幸せを知った。大好きな仲間と、また結婚式作りたいなあ、って何度も思った。

この会社では、人事も兼務させてもらった。就職活動生たちのエントリーシートを作り、面接、採用業務をさせてもらい、たくさんの学生たちと話をした。この経験が、私にとっては結構でかかった。

ここが、「偏差値よりも経験値のほうが大事だ」ということを、肌で感じた初めての瞬間だったかもしれない。どれだけ魅力的な学歴を持っていても、話がつまらないとそこで終了。めちゃくちゃいいこと言ってても、感情が込められてないとすぐばれる。こういうふうに見られてるんだ、とわかった。

人に愛される力を持っている子は、やっぱり面接もずば抜けて存在感がある。空気が読める子は、そんなに発言しなくてもグループディスカッションで残る。結局就活も、コミュ力だった。

出会って7年、付き合って半年で入籍

２０１４年３月14日、私は大好きな人と夫婦になった。ホワイトデーだからこの日に入籍したんじゃない。私の父と母の結婚記念日だったから、この日に婚姻届けを出したいと思った。

私の両親はずっと仲が悪かった。笑ってしゃべってるところなんて記憶にない。で

もすこしずつ、家族として成長してきて、いまが一番幸せだ！　とみんなが思えるくらい、私たち家族はピヨピヨのひよっこから、いばらの道をみんながそれぞれ通り抜けて、ばらばらになりかけながらギリギリで、支えあって。でもなんとか今は、各自自立して、でっかい翼を持った鳥集団になれた感じだ。だから、父と母のように、最初はダメダメでも、ちょっとずつ夫婦として、家族として成長していけるようにという思いで、この日に入籍した。

私の旦那様になった人は、なんと、大学時代バイトしていた、あの居酒屋の店長だ。私にサービス業の素晴らしさを教えてくれた人が、私の旦那様になった。東京に戻ってきて、またウエディングプランナーになって2年目くらいのときに付き合い始めたので、出会って7年目くらいのころだ。こんなこともあるんだなあと思う。

私がバイトしていたときはお互いなんにも恋愛感情がなかったのに（むしろお互い別の人とお付き合いしていて紹介しあったりしていた）、別の環境で過ごすようになって、お互いのよさを痛感して、恋愛に逆に発展するという珍しいタイプだったと思う。

結局、結婚できるかどうかって、「好きかどうか」ももちろんそうだけど、「人間として尊敬できるかどうか」だと私は思う。この人なら間違いない、と、結婚を決めた私は何の迷いもなかった。彼は私にとって、バイト先の元店長でもあり、尊敬するサービス業の師匠でもあり、何でも相談できるお兄ちゃんみたいな存在でもあり、一緒にいるととっても楽しい恋人でもあったのだ。

付き合って半年で入籍したので、まわりはみんな驚いたけど、私には根拠のない自信があった。人を見る目だけはあるんだな。実際、彼は、これ以上ないくらい大切にしてくれる人だった。この人なら間違いない、とすぐに結婚を決めた。

母も父も、とても喜んだ。あの店長さんとさやかが結婚してくれるなんて、夢みたいだ！ と喜んだ。

名古屋で働いている間に一度、店長が名古屋に来たときがあった。なにか別の用事のついでに私にも会ってくれるというので、私は大喜びで家族みんなに集合をかけた。「店長がくるって！」と言って母も母の友達まで呼ぶ勢い。彼は、私がみんなに言いふらしていたせいで私の家族界隈で有名人だった。結果、カリスマ店長を囲む会、ついでにちょうど母の誕生日だったので母の誕生日会となった。みんな、彼が大好きだったのだ。

目標は家庭第一の素敵な奥様

私は結婚を機に、仕事を辞めた。ベンチャー企業に入社して、2年ぐらいたったころだった。新入社員も入ってきて、会社も大きくなり始めていたころだったが、私には夢があった。「世界一幸せな家庭を築くこと」。これが私の、中学生からの夢だった。ああちゃんみたいな、優しいお母さんになりたいんだ。だから、結婚は、私にとって、とっても大きなもので、だから、家庭第一でいようと決めた。

旦那さんは結婚と同時に、ついに、長年の夢だった、自分の店を持つことになった。私はその店を支えたい、彼を支えたいと思い、仕事を辞めたのだった。帰ってくるのは朝の4時、昼まで寝て、また仕込みに行く。そんな毎日で、店を持ってから半年くらいは一日も休みがなかった。

私もはじめのころはお店に立って、手伝った。開店初日から、人があふれた。彼のファンが、待ち望んだオープンだった。毎日毎日たくさんの人であふれるお店になった。そしてやっぱり、素晴らしいお店になった。

私は東京でおすすめの飲食店は？　ときかれると、いつでもこの店を真っ先に紹介する。彼と一緒に働いているスタッフも、出汁(だし)から丁寧にとっているお料理も、カウンター越しに弾むスタッフとお客様の会話もすべてが愛にあふれてる。そんなあったかいお店ができた。彼のずっとずっと前からの夢がこの店に詰まってた。すぐにこの店はその界隈で有名になり、やがて店から人があふれて入れなくなり、道路を挟んだ向こう側のポストでビール飲みながら待ってるお客さんまで出てくるようになった。

そんなころ、ちょうど「ビリギャル」が出版された。ネットですでにバズっていたためか、みるみる発行部数が増えていった。

私のほうも、講演に呼ばれるようになったり、たくさん取材を受けたりと、少しずつ日常が変わり始めていた。でも、あくまでも家庭第一、は変わらなかった。と、私は思っていたんだ。でも、少しずつ、夫婦のリズムが、ちょっとずつずれてきたのかもしれない。そんなふうに思うこともあったけど、でも、私たちには、だれにも、なにものにも揺るがされない信頼関係があった。そう思っていた。

異世界

それから、取材依頼が殺到し、私はいろんなテレビ、ラジオ、新聞、webメディア、雑誌に出させていただくようになった。そうするとたくさんの講演会の依頼も来るようになった。じきに映画化が決まって、信じられないことがたくさん起きてきた。なかなか出会えない人にたくさん出会わせてもらった。一冊の本や映画を世の中に広めるために、こんなにいろんな人が頑張ってるんだってことを、この目で見ることができた。あれだけたくさんの人が、必死で、想いを込めて作っている作品だ。そう思うと、普段何気なく見ていた本や、映画やドラマ、テレビやラジオの番組の見方が変わった。見るところが変わった。すごく大切に見るようになった。

世の中には、いろんな職業があるんだ、自分が好きなことを仕事にするって、こういう人たちのことを言うんだ！　ってわかった。私は、小学校中学校高校大学を出て、新卒で企業に入社するという道を進んだし、まわりもそういう人が多かったけど、学生のときからテレビの現場に携わりたくて技術を学んで、それでお金を稼ぎながら、目標を持って学び続けている監督さんや助監督さん、照明さんや音響さん、カメラマンや美術さん、衣装さんやメイクさんがいる。東大を卒業して、そこで学んだことと熱い思いを一冊一冊の本にかけている編集者もいるし、どうやったら多くの人にその作品を知ってもらえるか考えたり、宣伝したり、売りに行ったりしてくれる人。今までの友達の中には、ひとりもいない業種の人たちにたくさん出会えた。

この人たちの共通点は、みんな目がキラッキラだったということだ。でもそれは、この人たちが特別な才能を持った「選ばれし人」だというのはちょっと違う。そうじゃなくて、自分の仕事に誇りを持っている、意志を持っているスペシャリストの集団だった。

大学進学で東京に出てきて世界が広がった！　と思っていたけど、まだまだ世界は広いんだ！　知らないことがやまほどあるんだ！　ということを肌で感じた。そしてこれはきっとおばあちゃんになっても、知らない世界はなくならないんだということもわかった。それくらい、知らないことは無限にあるんだ。「ビリギャル」は、私にいろんなことを教えてくれた。

でも、正直言うと、いいことばっかりじゃなかった。今まで仲がよかった友達たちに「嫌だな」と感じることを言われたり、陰口を言われたり、あらぬ噂をたてられたりと、「なんでこんな思いをしなくちゃいけないのかな」なんて泣けてきちゃうこともあった。

そのうち被害妄想が激しくなって、あの子にもこう思われてるかもしれない、と思って友達といる空間が、居心地が悪いと感じるようになっちゃったり、ネットに書かれていることに「えええ、なんでそんなひどいこと言うのかな」と傷ついたりと、メンヘラがさく裂していた。

そんな私を支えてくれたのは、旦那さんだった。家族は、絶対的な味方だった。その存在が本当にありがたくて、そのおかげで私のメンタルは保たれたと言ってもいい。なにも言わなくても、家に帰るとなんでもないことで笑いあえて、取り繕わなくてもいい空間は、私の居場所だった。

すれ違い

でもだんだん、私たちは、前みたいに、笑えなくなっていた。ほんのちいさなことでも、うまくかみ合わないときってある。なんでかなあ、って、私たちは、別の場所で、違う方向を向いてた。

でも、大好きなことに、変わりなかった。でも大好きなだけじゃ、もうだめだった。私たちの頭の中に「離婚」の文字が広がってきて、もう、それしかないように思えた。泣きながら何度も話して、私たちは、離婚することになった。私たちはもう、見てる方向も、世界もちょっと違ってしまっていて、それによってたくさんすれ違ったり傷つけあったりしてしまっていた。

旦那さんは自分のお店を持って必死に頑張っていて、私はビリギャルのおかげで日々新しい刺激をもらいながら、毎日いろんなことを感じていた。お互いの経験値が積まれていくほど、お互いの世界が少しずつ違う方向に広がっていく。これから先もたぶん、もっと違っていくだろう。それは、私たち夫婦にとっては、大きな問題と感じられて、そして、それが解決されることはおそらくなかった。

10年後、自分はどうなっていたいだろう、何をしていてどんなところにいて、どんな顔をしてるのかな。いろんなパターンを妄想したけど、どう考えても、私たちがこのまま一緒にいることは、ずっと傷つけあうことになる気がしてならなかった。だから、離婚する、を決めたんだ。

4年前、ふたりで婚姻届を出しに行った役所にひとりで、離婚届を取りに行ったときの気持ちは今でも忘れない。なかなか書けなくて、そのまま置いておいて、1か月がたった。旦那さんも、書かなかった。そのまま時間だけが過ぎていった。

価値観は変化し続けるもの

ビリギャルが出版されて約4年がたったころの春。私は旦那さんと手をつないで、離婚届を出しに行った。とってもいいお天気の日。大安。私たちの部屋は南向きで日当たりがいい広いベランダがついていて、その日は特におっきな窓から気持ちのいい日が差していた。

区役所に行くまでの道で、「きっとさ、まわりの人みんな、私たちが離婚届出しに来たカップルだとは思ってないだろうね」ってふたりで笑った。それでそれは、正式に受理されて、私たちは夫婦でなくなった。そのあと、ふたりで近くの神社に行った。お互いのこれからの未来が、より幸せに満ちたものでありますように。

私はいつも欲張りだから、いろんなことを神様にお話しするので手を合わせている時間が長いんだけど、彼は、いつも短くて、だからいつも脇で私が終わるのを待ってくれている。でもこの日は、いつもより長めに彼も手を合わせてた気がした。それで、目黒川までお散歩して、満開の桜の下でお花見をした。「お互いの壮行会をしよう」と、乾杯した。彼は缶ビールで、私は缶チューハイで。

「俺この日を絶対、一生忘れない。今日のこの気持ちを絶対忘れない」。彼は何度も言った。私も、ほんとうに非の打ち所がないくらい満開に咲いてる桜を見ながら、絶対忘れない、って誓った。なんか、勝手に、まわりの人も桜のお花もみんなが私たちの新しい門出を祝福してくれてるような気にさえなった。

　こうして、私たちは、お別れすることを選んだ。この前ふたりで話してから、旦那さんのお顔はずっと穏やかだ。喧嘩も、一切なくなった。毎日、私たちは笑ってたくさんお話しした。どうでもいいことばっかりだったけど、とても大切な時間になった。ああ、なんかずっと、つらかったんだろうなあって、胸がぎゅうとなる。彼はなにか解放されたように、すがすがしい顔をしていた。

　とっても優しかった彼を変えてしまっていたのは、私だったんだろうなって思った。結婚するとき、さやかはいつも、目を離すとどっかに行っちゃいそうではらはらするよ、って、彼がふざけて言ったことがあった。ずっと俺の近くにいてね、って。

離婚って、お互いの気持ちがなくなったらするもんだと思ってた。私たちは、何度も何度も話し合って、ときには別れることを想像するだけで涙が止まらなかったけど、でもそれでも、夫婦であることを、おしまいにすることを選んだ。

今はよくても、10年後は？　20年後は？　おじいちゃんおばあちゃんになったときのことまで考えた。

これは私たちだけじゃなくて多くの夫婦が感じることだと思うけど、私たちも結婚してからこの4年間で、お互いの仕事の状況も、感じることも生活の仕方も、すこしずつ変化していて、それに伴って、自分の世界観、人生観、価値観もすこしずつ変化した。これはだれにでも起きる変化だ。芸能人が離婚するときに、「価値観の違いで」と言うのは、何か適当に言ってるんじゃなくて、本当に容易にあり得ることで、多くの離婚の原因は結局これでしかないのだ。

家族第一、家庭第一、本当にずっとそう思っていた。でも、私たちふたりにも、ほかのだれにも予測できなかった大きな変化が、運命が、その思いだけじゃどうにもできないほどいろんなものを変化させた。

一般人の人と結婚したはずなのに、その妻が突然いろんなメディアに取り上げられて、いろんなところに呼ばれて行って多くの人の前で話をする仕事をしだすというのはたぶん、想像していなかったことだと思うし、いろんな人にいろんなことを言われたと思うし、その影響で生活サイクルも変わった。

彼には本当にいろんな我慢と余計な感情を抱かせてしまったんじゃないかと思う。いくら仲がいいとはいえ、お互いに傷つけあうことが次第に増えてきたのは、ふたりともが何かしらに傷ついていたからなんだ。

私は彼のために、彼は私のために、その選択をした。離婚届を書いて、でも、最後、どうしても判子を押せずにしまってあった。もう残り少ないふたりの時間を、大切に過ごして、そして、この桜満開の日に、出しに行ったんだ。


つらいなあ、って泣いてる私に、ああちゃんは言った。

さやちゃん、すごいね。さやかの人生ってわかりやすいなあ。さやちゃんがもっともっと幸せになるために、この経験は絶対に必要なことなんだよ。これには、どんな意味があるんだろうね？　さやちゃんが最高に幸せになるために、この出来事はどうつながって、どんなお役目を果たしてくれてるんだろうね？　大丈夫、大丈夫だよ、って。

私に何か起きたときは、ときには泣きながら、ときには目をキラキラにしてワクワクしながら、ああちゃんは同じことを言った。楽しくてしょうがないときも、つらくてもう死にたいって思うときも。

でも、たぶん、この日が私にとって少なくとも今までで一番、勇気が要って、寂しくて、胸が張り裂けそうで、なんかもうわけわかんないくらいたくさんの感情が入り混じって、でも、それでもまぎれもなく、私と彼の新しい人生が始まる日だった。そして、どうしても、忘れられない日だ。家族だった人と、家族じゃなくなる。家族だった人を、きらいには絶対に、なりたくないし、私は絶対になれなかった。

区役所の帰り道、近所の薬局に寄って、今まで使っていたものや詰め替え用のものを説明した。なんか引き継ぎみたい。ほんとに出てくんだあ、って、彼が言ったのを聞いて、隠れて、泣いた。

毎年この日は、行ける距離にいたらごはんに行こうね、って約束した。バツイチなんてとんでもない。私たちは、にじゅうまるはなまるだ。失敗なんかじゃない。無駄な時間なんかじゃ全然なくて、私の人生でなくてはならなかった時間。最高に幸せで、最高に楽しい私と彼の4年の結婚生活は、こうやって幕を閉じた。

離婚はネガティブワードじゃない

「離婚したんだ」と言うと、みんな、聞いちゃいけないことを聞いてしまった！という顔で、「ごめん！」と言う。みんなとっても優しいんだ、でも、離婚は決してネガティブなことではないよ、とも言いたいんだ。

残りの人生ずっとこの人と一緒にいる、家族でいる、と約束することは、つまり結婚という契約を結ぶこと、は本当にすごいことだ。「賭け」みたいなものだ。先のことはだれにもわからない。何が起こるかもわからないし、自分や相手の感情、お互いの環境がどんなふうになっていくのかもわからない。そんな中で、一生涯のパートナーを決める、というのは、並大抵のことではない。だから「だいすきー♡」というだけで相手を選ぶと、とても大変なことになりかねない。

でも、先のことがわからないからこそ、離婚ができるようになっている。家族だった人と、家族契約を解除して、また別々の道を歩んでいくことができるようにするのが離婚だ。

私は、自分の経験を振り返って、こんな離婚もあるんだ、と思う。大好きだった人とお別れするのは、初めてではなかったけど、でも、今までのどんなお別れよりも、当たり前なんだけど、うまく言えないんだけど、なにか私の中にでっかい穴が開いたみたいな、そんなだった。彼は、今でも大好きな人だ。これからもずっと、私が大尊敬する師匠であり、何でも話せる友人だ。

私はこの4年間、特に最後の1年間は、夫婦ってなんだろうって、いっぱいいっぱい考えた。大好き同士で結婚したはずなのに、結婚する前は何にもつらいことなんて、嫌なことなんてなかったはずなのに、夫婦になった途端に、どうしてこんなに一緒にいると苦しくなるときがあるんだろう。

店長と、バイトの関係だったときは、彼も私もお互いに怒りとか憎しみなんてこれっぽっちもなかったのに、もっともっと大切な存在になった途端、いろんなものを求めてしまって、それが満たされないと、どうしてこうも、悲しくなって、怒れてきちゃうんだろう。

じゃあなんで人って結婚するんだろう。あの紙切れってなんのために出すんだろう。「結婚」っていう縛りがあるからこんなにお互いつらくなっちゃうんなら、どうしてみんな当たり前のように結婚するんだろう。結婚しないで、ただ一緒にいられればそれでいい。そんな形もあっていいはずなのに、なんでなんだろう、って、いっぱいいっぱい考えた。

でもね、これから大切な恋愛をして、結婚していくだろう後輩たちに伝えたい。結婚って、やっぱりとっても幸せな時間だよ。愛する人が家に帰るといるっていうのは、本当に幸せであったかいことで。ふたりで会話なく、同じテレビをぼーっと見てる時間も、回し読みしたいっぱいの本も、趣味が全然違うお互いが好きな音楽も、夫婦であるというだけで全部愛おしく感じられるんだなあ。だから、先のことがわかんなくても、「この人！」と思った人と結婚するということはとても、とても素敵なことです。

うれしいこともかなしいことも、全部一番に共有したいと思う人。ただの、彼氏と彼女っていう関係とは全然違って、運命共同体っていうか、ただの紙切れを出すか出さないかの違いなのに、あの紙切れ、すごい効力があるんだなあと何度も思ったよ。私たちの未来は、どんなだろうねって、同じ方向を向いて何度も話した。それが一番、楽しかった。

おうちの中に置いてたジャスミンの鉢植えには、毎年1回とってもいい香りのちっこくて儚（はかな）い花がわさーっとかわいく咲く。それが毎年楽しみで、つぼみができるとふたりで喜んだ。ベランダがとっても広かったので、いろんな植物を調子に乗ってたくさん育ててた。元気がなくなったらふたりで研究して、どうしたら元気になるだろうねって相談した。

彼の「さやちゃん、おはよう」って寝ぼけながらガサガサの声で言うのがとってもかわいくて、大好きだった。おしゃれな彼がことあるごとにくれるプレゼントはセンスが良すぎて私には釣り合わないくらいかっちょいいもので毎度、恐縮した。

彼の車を勝手に乗り回してぶつけて帰ってきて、左側のサイドミラーがもげちゃってたときは、とっても反省した。彼が風邪で寝込んだときに私が作ったうどんは、みりんとお酢を間違えてすごくすっぱかったけど、私が風邪で寝込んだときに彼が作ってくれる出汁からとった卵とじうどんは、絶品すぎて泣けた。

ネイルとか髪型とか、お部屋のお掃除とか、なんでも小さな変化に気づいてくれて褒めてくれて、私よりも女子力が高くて。たまに私がだらしなくて怒られたけど、子どものようにうれしそうに笑う彼が、本当に大切だった。

「さやちゃんほど、太陽みたいなやつはほかにいないから。必ずまた、素敵な人と恋愛して幸せな結婚をして、世界一幸せな家庭を築いてね。大丈夫。さやちゃんなら大丈夫だよ」

荷物を持って、私が、私たちだった家を出る最後の日に、彼は言った。

その日は、そうやって彼に見送られて泣きながら家を出て、泣きながらタクシーに乗って、泣きながら飛行機に乗って、パンパンの目で、講演をした。もう、大変だった。

でも、その日私の講演をきいてくれた、何も知らない鳥取県の高校生たちの無邪気な笑顔と言葉に、なんだか妙にはげまされた。大丈夫。私はきっと大丈夫。そう自分に言い聞かせるしかなかった。

家を出てから何日かたって、彼からメールがきた。

「今年もジャスミンの花が咲いたよ。とってもかわいいです」

今日の日のことを、今のこの気持ちを、絶対に忘れないでおこう。

2018年2月の最後の日。今は深夜2時なので、もうさっき、3月になった。今日、たまたま夜予定がなくて家にいた。彼も、たまたま家にいた。「ふるさと納税で届いたお肉でお鍋しよっか？」と久しぶりにふたりで食卓を囲うことにした。ずっと、つらくて、話すのをお互い避けていた。大切な話をしなくちゃいけないのはふたりともわかっていたけど、しばらく目を背けていた。お鍋を食べてる間、ふたりともあまりしゃべらなかった。

私が最後の一切れのお肉を食べきらないくらいのときに、彼が離婚の話を切り出した。家はどうする？　この部屋は？　家具は？　家族には？　お金は？　具体的な話をすればするほど、つらくなる。ほんとに離婚するんだあって、どこか半信半疑なかんじでお互い話してるのがわかった。自分たちで決めたことなのに、息がなんか、できなくなる。

ふと、台所に、このまえ行った講演会先でもらってきた日本酒が目に入った。久保田の万寿（まんじゅ）ってやつ。「これ、飲む？」と彼に聞くと「さやかが飲むなら、飲もうかな」って言った。それで、彼はとってもうれしそうに、妹にもらったお揃いのおちょことお気に入りのとっくりを出してきた。そういえば、このとっくりもいつか一緒に飲もうねって言ってて、しまったままだった。

　彼は久保田の万寿と千寿と百寿の違いを説明してくれた。それを、ふんふん、って聞きながら、こういう、子どもみたいな彼が、少年みたいに笑ってるこの人が大好きだなあって、かわいくて大好きだなあって思った。

　それで、私も最近話せていないことを話してみた。昨日、札幌でね、こういう先生に会ったんだよ。生徒たちのことね、いろんな話してくれたよ。私、いつかラジオ番組持ちたいなあって思ってるんだ。テレビに出るより、とっても楽しいの。今年の目標はね、自分で本を出すことなんだ。ビリギャルは私の話だけど、私の作品ではなくて、坪田先生の作品だから、私も自分の作品を持ちたいの、心を込めて、いろんなことを書いてみたいなって思ってるんだ。あとね、今「戦略的思考とは何か」って本を読んでるんだけど、とっても難しくて吐きそうなの。へえ、表紙もすごくおもしろくなさそうな本だね。そうなの。全然面白くないの。でもここに書いてあるゲーム理論っていうのが理解できれば、きっとすごく面白くなると思って、何度も同じところ読んでるよ。そんな、どうでもいい話をたくさんして、彼は笑って聞いてくれた。

　私ね、あなたはこれからもいろんなことに挑戦して、仲間を増やしていく人だと思うんだ。あなたにはあなたの場所で、たくさんの仲間と同じビジョンを持って、ワクワクし続けていてほしいなって思ってるよ。きっと、私のせいでお店の子たちみんな寂しがってるね。昔だったら毎晩、スタッフ連れて飲み歩いて、未来のこと話して目をキラキラにしてたのに、結婚してからは全然行けてないもんね。これからは、またたくさん飲みに連れて行ってあげてね。私バイトだったとき、あの時間大好きだったんだ。営業終わり、行くか？　って飲みに連れて行ってもらうあの時間があったから、この人について行こうってみんな思っていたと思うんだよ。そういう時間のなかで、あなたの想いをみんな知ることができるから。どんな想いでお店をつくって、もっとどうしていきたいのかが、その時間でみんなに伝わるから。

私は、もっとたくさんの若い子たちが生き生きワクワク生きていけるように、もっと勉強して、できることを増やして、ビリギャルってなった使命をちょっとでも果たしたい。そのために、またいろんなことに挑戦してみたい。自分の経験を講演会で話してるだけじゃなくて、大学院に通ったり、もっと力をつけたいんだ。

ちょっと、お互いこっから頑張って、でっかくなろうな。って、彼が言った。おれね、めっちゃいい関係になれると思うよ。まわりが、あいつら別れたのにへんなのーって笑うようなさ。じいちゃんばあちゃんになってもさ、大好きな人に変わりはないから、どっちかの記念日とかにさ、一緒にチークダンスとか踊れるようなさ、そんなふうになりたいよな。なれると思うなあ。

ねえシイタケ占いって知ってる？　見てみて、すごく当たってるんだよ。あなたはおうし座でしょ、私はうお座で、見て、どっちも子どものままでっかくなっちゃった！　みたいな人だって書いてあるでしょ。うちらじゃん！　って笑った。

あいつ、自慢の元嫁なんです、あの人私の自慢の元だんなさんなんですって言おうねって。だから、お互い頑張ろう。別のところで。負けないように。

さやかは本当、太陽みたいなやつだな。目に涙をいっぱいためて、彼は笑って言った。

この日のことを、私、一生忘れない。この日記は、この気持ちを忘れないようにするための記録だ。いま、隣の部屋から、「ひまわりの約束」がきこえてきた。だめだ、また泣けてきた。

2018年　3月1日　3:48am

第5章 ◆ 教員免許はないけど、高校でインターン。

札幌新陽高校との出会い

離婚して、私が最初にしたことは、札幌へのお引っ越しだった。札幌には、母と旅行で行ったくらいしかない。なぜ、札幌に引っ越したのかというと（離婚がつらくて北の大地へ逃避行したわけではない）、高校にインターンをしに行くためだ。

札幌新陽高校という高校がある。この学校は、3年前までつぶれかけていた高校だった。偏差値は40あるかないか、ほかに進学できそうな高校がない生徒が行く「札幌の最後の砦」と言われていたような学校だったらしい。

60年前、荒井龍雄（あらいたつお）さんという方が並々ならぬ想いで創設した学校だが、荒井さんは翌年、病気で突然亡くなってしまう。突然のことだったので、荒井さんの意志や想いを受け継ぐ人があまりいなかったのだろう。その後、校長先生にいろんな人がついたが、みんな長続きしなかった（らしい）。それで、気づいたらヤンキー校になっていた、という高校だ。

その昔、新陽高校がまだ女子校だったころ、スケバンという言葉がはやっていたときのこと。まさにこの高校にはそういうおねえちゃんたちがたくさんいたという。近くの高校の男子が、よくカツアゲされていたらしい。駅の前ではチェーンを持った、うんこ座りをしていたおねえちゃんたちがわんさか（ドラマでしか見たことない）。そういう、高校。

そんな具合だったので、どんどん生徒数は減っていき、3年前、もう学校閉めようか、という話が持ち上がったそう。そのときに声がかかったのが、創設者のお孫さんである、荒井優さんだ。優さんは、早稲田大学を出て、リクルートに入って、そのあとソフトバンクの社長室に8年いた人。要はスーパーエリートさんである。

優さんは、とっても悩んで悩んで、でも覚悟して、この学校の校長先生に就任した。教職員免許なんて持ってない。でも、社会の第一線で戦ってきた人だ。教育現場で何を学べば、社会に役立つか、を肌で知っている人だ。こうやって、民間の方が校長先生になるっていう例はほかにも聞いたことがあるけど、私がなぜ新陽高校に興味を持ったかというと、優さんがフェイスブックで更新していた「校長日誌」の文章が、とってもあったかかったから。それだけだ。

私が通っていた中学校高校は1学年に400人近い生徒がいる、いわゆるマンモス校だった。校長先生と呼ばれているおじさんは、はっきり言って私からしたら、知らないおじさんでしかない。しかし、この知らないおじさんの部屋（校長室）に一度だけ呼んでいただいたことがある。

中学校3年のとき、煙草が見つかった話は先に書いたが、そのとき、無期停学処分を校長先生が直々に言い渡してくださるという習わしがあったみたいだ。それで、呼んでいただいた。初めて入った広い校長室に置いてあったソファに座って待っていると、校長先生が入ってきた。それで、私のまえのソファにドカッと座ってこう言った。「君はね、人間のクズだ、わが校の恥だ」と言って、おっきいため息をついた。なんで初めてしゃべる知らないおじさんに、そんなこと言われなきゃいけないのか。私の何を知ってんだよ、と思った。

私だって、割と運動神経もいいし、カラオケではいろんなモノマネもできるし、ボウリングだってスコアまあまあいいし、あんまり人を見掛けで判断しないようにしてるし、ありがとうはたくさん言うようにもしてるし、人の悪口は言わないように気を付けてるし、こう見えていいところもたくさんあるのに！　こいつ何も知らないでよくもそんな堂々と面と向かって悪口を言うみたいなことを言ってくれたもんだ！　と憤慨して部屋を出た。

そんなこんなで、私のなかで「校長先生」というと、「やなかんじのおっさん」がイメージとして定着していた。でも、優さんがフェイスブックで書いている文章からは、そういうイメージがわかなかった。いつも、自分以外のことを見ていて、それを優しい文章で書いてたんだ。職場の先生たちの様子。生徒とのエピソード。庭に咲いてる木々やお花のこと。「こんな校長先生、いるんだ」と思った。会ってみたいなあ、って。それで、勝手にフォローしてしばらく校長日誌をファンとして読んでいた。

ある日、いてもたってもいられなくなって、面識もないのに、メッセージを送った。自己紹介と、今している活動のこと。ビリギャルは、私が主人公じゃなくて、私の母が主人公なんだということ。本当にすごいのは、私じゃなくて母なんだということを長文で力説した（今思えば、よくそんなうざいメールをちゃんと読んでくれたなあと思う）。そしたら、すぐに返信が来て、来週東京に行くので、1時間お茶しましょう、と言ってくれたのだった。これが、優さんとの出会いだった。

景色のいいホテルの上の喫茶店で、優さんと待ち合わせした。私が先に来て座っていると、背が高くて、とてもラフな格好をした優さんが足早に喫茶店に入ってきた。

「初めまして、荒井です」こ、この人が校長先生……校長色は皆無だった。

1時間しかないので早口で、私がどんな人かまず知ってもらいたくていろんな話をして、優さんは時折目をつぶりながら、ずっと優しくうなずきながら聞いてくれた。

「まさに」が口癖の優さんだが、嘘をつかない。「僕もそう思う！」と心から賛同してくださるとき、優さんは必ず「まさに」と言う。最初に会ったこの1時間でも、優さんは何度も「まさに」と言って目をつぶってうなずいた。なんだかそれが、うれしかった。

するとと突然、ガラケーを取り出して、電話をかけ始めた。「あ、もしもし荒井です。今度のPTAの会でビリギャルのさやかちゃんとお母さんのああちゃんを講演に呼びたいんだけど、いいですか？」。その場で、講演の日程を決めてくれたのだった。

「僕ね、ビリギャル読んだことないんです。ごめんね。でも実は、家に本は3冊あります。校長になるって公表したときに、この本を読んだらいいよ、といろんな人がビリギャルの本を送ってくれたんだ。でも、校長をやっていくうえで先入観が入ってしまうのが嫌で、まだ読んでないし、今後も当面読むつもりはないんだ。ごめんね」とおっしゃった。

なんかこの人、とっても信頼できる気がする。ぶっとい芯があって、達成したいビジョンがはっきりしていて、ぶれない。まわりに流されない。そんな人なんだろうな、と思った。「でもこの本だけは、読もうと思うよ」と言って、さっき渡した母の本を持って帰ってくださった。

この高校、なにか起きてる

数か月後、初めて新陽高校に行った。2年前、優さんが校長に着任したころは、生徒たちは問題ばかり起こし、入学者も毎年定員割れをしていたが、いろんな施策をとり、なんとかV字回復を果たしたばかり、というときだった。

　優さんが校長室でおいしいコーヒーを淹れてくれた。「僕の仕事は、こうしてコーヒーを淹れることなんだ」といつもにこにこ言っている。コーヒーを飲んでいたら、3人の生徒が校長室に入ってきた。

　優さんが私を指さして「この人、だれだか知ってる？」ときいて、知らない、と女子生徒が言った（ビリギャルは有名だけど、私が有名なわけではないのだ）。生徒たちはビリギャルの人だとわかると、めちゃくちゃ驚いて、いろんな質問をしてくれた。きけば、3人とも3年生で、進路を決めなきゃいけない、と。そのうちの一人の男の子が慶應の総合政策学部にAO入試でチャレンジしようと思っている、と。

　私は一般受験しかやったことがないので、AO入試についてはわからなかったけど、とりあえずいろいろ聞いてみることにした。「なんで慶應の総合政策に行きたいの？」。いろいろ言ってたけど、忘れちゃった。要は、こちらの印象に残るような言葉はこのとき聞くことができなかった。楽していい大学入れたら、いいなあ、ってかんじかな？　と思った。たぶん、無理だろうなぁと、ごめん、このとき思った。

　3か月後、講演会の日がやってきた。会場には、地域の人も保護者も、たくさんの方が体育館いっぱいに集まってくれた。

講演の前に、私と母が校長室でコーヒーを飲んでいたら、前回、慶應のAO入試について相談にきた男の子が、「お時間少し、いただいてもいいですか？」と校長室に入ってきた。別の部屋に来てほしいという。プロジェクターのセッティングをした後、では、よろしくお願いします。と言って、パワポのデータを使いながらなにやらプレゼンをし始めたのだ。

彼は、これから必要な教育とはなんなのか。AIがいろんなことをできるようになってきている今、そしてその変化の速度がますます早くなっていっている時代に生きていくためには、僕たちはどんなことができないといけないのか。生きる力って、いったい何なのか。3か月前に会った彼とは、まるで別人のようにはきはきと、自信に満ちあふれたオーラびしびしに放ちながら、話してくれた。

母は、感動して泣いていた。私は、いったいこの3か月でなにがあったの？　と聞いた。「校長の右腕の中原先生がやってる夢ゼミに入ったんです。そこで、いろんな話をきいたり、自分で考えたりしたらいろんなことが見えてきたんです」

私が、坪田先生と出会ったときと同じだ、と思った。彼は、ワクワクさせてくれる大人と出会ったんだ。やっぱり、高校生はあっという間に見違える。私も母に負けないくらい、感動して鳥肌が立った。

「ロボットに職業が奪われる、と多くの人が言っているけど、僕はそうは思いません。だれでもできる仕事は、もうロボットがやってくれる。じゃあ、僕たち人間は、人間にしかできないこと、ワクワクすること、自分が好きなことを仕事にできる。そんな時代がいよいよやってきたんだってことだと思うんです、僕は今、ワクワクしています」

この学校でいったい、何が起きているんだろう。

よみがえった学校

いろんな学校に行かせてもらうけど、「学校」というところは、本当に変化しにくい場所だと思う。何かやろうと思っても、なんかいろんな人の許可をとらなきゃいけないし、とにかく遅い。そもそも新しいことをやったり、考えたりするだけの時間が先生たちに、ない。だから、学校ってなかなか変わりづらい組織なんだろうなあと思って、見てた。でもこの学校のこの速さ、何なんだろう、と興味がわいた。ひとりの生徒の目覚ましい変化が、私の興味を強く引き寄せた。優さんだけでなく、私はすっかり、新陽高校のファンになった。

優さんがこんな話をしてくれた。「僕が校長で来たときはね、生徒たちはだれも挨拶しなかったんだよ。先生たちも、嘆いていた。何をしても無理だったって。挨拶週間とか、いろいろやったんだけどダメだったって。そうかあ、それは困ったなあと思っていたんだけど、あるとき、掃除をお願いしているおばちゃんたちとお茶を飲みながら話をしていたときに、ここの生徒さんたちはちゃんと挨拶してくれますよ。素晴らしい挨拶をね、と話してくれたんです。あれ？ 先生たちに聞いてた話とちょっと違うなあと思い、なんでかなあと思った。でも、僕はそのことを全校集会の校長先生のお話の時間に話したんだ。掃除のおばちゃんたちがね、君たちのこと褒めてたよ。素晴らしい挨拶をしてくれているようだね。僕は校長として、とても誇らしかった。ありがとうね」

するると、次の日から、先生たちがびっくりするくらい、「おはようございます！」「こんにちは」と生徒たちが挨拶しだしたんだそう。

命令文で相手の行動を変えることはできない。ああちゃんも、命令文を使わない人だった。優さんも、命令文を使わずに、恐ろしい速さで学校を変えている。いや、もはやいまの新陽高校は優さんが変えているんじゃない。先生たちが、生徒たちが学校を変えてる。教育は、未来をつくるもの。学校は、未来をつくる場所。私、もっと教育っていうものを学びたい。自分の体験談だけじゃなくて、もっと深く学んでみたい、と強く思うようになった。そう思わせてくれたのは、講演会に行くたびに出会う、たくさんの後輩たちの存在だった。

「優さん、私、大学院に行こうと思います。教育っていうものをもっとちゃんと、学んでみたいんです」。新陽高校に行った日からしばらくたって、ある日こう、相談をした。

「素晴らしい。いいと思うよ。でもね、教育を学びたいんなら、現場で学ぶのが、一番近道だよ。さやかちゃん、高校ってね、すごいところだよ。僕も校長になるまでわからなかったんだ。毎日、ドラマが起きるんだ。学校ってすごいよ。高校生に、いろいろ教えてもらうといいよ」

そして私は、その数か月後、札幌のワンルームを借りて引っ越したのだった。学校に頼まれて行ったんじゃない。私が望んで行ったのだ。学校からは雇われていないのでお給料はもらっていない。私が、勝手に学校に居座るという、謎のインターンが始まった。この4か月が、私の価値観を大きく変えることになった。

学校のカルチャーが生徒をつくる

年間たくさん講演を聞いていただくが、対象は親御さん向けや学生向け、教育関係者向けなどさまざまだ。中でも学生向けはたくさんさせてもらっていて、多くの学校に呼んでもらっている。

自分で言うのもなんだが、「初めて講演会で寝なかった！」という声を生徒からたくさんもらうくらい、結構楽しんで聞いてもらえる自信がある。たぶん、堅いおじさんが出てきて喋るよりも、聞く耳持ってくれるのと（学生は厳しいからね）、この人嘘つかないな、ってわかってもらえる感じがしてる。うん、私嘘はつかない。きれいごとばっかり言ったって意味ないから、とても正直にしゃべるようにしてる。そうするとみんな、聞いてくれる。

回数を重ねていくうちに気になることが見つかった。毎回同じ話をしているのに、なぜこうも、学校によって反応が違うのだろう、ということだ。「笑っちゃいけない」空気感みたいなものがある学校は、やっぱり笑わせるのに一苦労する。笑ってもいいし、思ったことをその場で話してもいい、みたいに自由な学校は爆笑したり「エー！」とか言ったりしながら聞いてくれて、私も楽しくなっちゃって、ついたくさん話しすぎちゃう。

学校のカルチャーって、生徒たちを見ればわかる。どんな校風か、なにを大事にしている学校なのか、生徒たちの反応を見るとなんとなくわかるようになってきた。

生きてる学校は、生徒たちが、自分の意志を持つことが許されている、というか推奨しているような環境があるように思う。そうじゃない学校は、生徒たちが自分の意志を持つことを抑制してしまっているんじゃないか、と思うんだ。この違いって、めちゃくちゃでかいと思う。

先生たちが生徒に日ごろどんなふうに接していて、どんな言葉がけをしているか、どんなコミュニケーションをとっているかで、生徒たちがなにかを受けたときの反応は全然違うように思う。

私が高校生だったとき、こんな違いがあるなんて、当たり前だけど気づくことはできなかった。自分の高校しか知らなかったからだ。でも今は、1か月に何校も行かせてもらい、全校生徒の顔や反応をこの目で一斉に見ることができるから、よくわかる。学校にある文化や先生の在り方で、生徒たちの人生は変わるといっても過言ではない。

校則がある意味

ある学校に講演に行ったとき、化粧をした女の子集団が玄関までお見送りに来てくれた、「一個だけ質問してもいいですか？　校則についてどう思いますか？」

私は、高校生のとき、校則なんてくそくらえと思っていた。スカート短くて何が悪い、髪の毛明るくて、誰に迷惑かけるっていうんだ、と思っていた。だから、校則は守らなかった。ピアスだって開けてたし、スカートもいつも規定より20㎝くらい短くて、髪の毛も隠れて染めてた（そのたびに黒染めさせられて余計変な色になった）。

なぜ、だめなのか、考えてもわからなかった。それで、先生に聞いてみる。「ねえ、なんで髪の毛染めちゃいけないの？　先生たちだって染めてんじゃん」「化粧禁止って、大人になったら化粧はマナーなんでしょ？　なんで高校生はしちゃいけないの？」。すると先生たちはこう答える。「ルールだから」「規則だから守れ」

は⁇　だ。生徒からしたら、は？？？？　ってかんじだ。そんなこと言われたら、守るもんも守らなくなるに決まってる。なぜそれをやらなきゃいけないかわからないから、聞いている。先生はちゃんとその理由を答えてくれればいいだけなのに。

私は、12年ぶりに学校に通ってみて、校則がなんのためにあるのかが、やっとわかった。偏差値が高くて、頭がいいと言われている学校に限って、校則がすごく緩い例をよく見る。あれってなんでなんだろう、って考えてみる。

「判断力」があれば、校則で縛らなくても大丈夫だ、ってことかもしれない、と思った。校則で縛らなくても、その場に合わせて、身なりや言葉遣いを選ぶことが自分でできる、判断力がある。もし、その判断がまだできない（それはその子の能力とか偏差値とかではなく環境が影響していることなんだけど）生徒が多い学校で校則をなしにしてしまうと、たくさん問題が起こることが目に見えてる。

先生たちだって、生徒が茶髪にしたところではっきり言ってどうでもいいし、言わなくていいならそっちのほうが楽だから言いたくないはずなんだ。でも、学校の中ではよくても、学校の外で羽目を外して人を傷つけてしまったり、警察に捕まってその生徒の人生に取り返しがつかないことが起きないように、学校の中でルールを守る習慣をつけさせる。そのために校則がある。

校則なし！　って、学校と先生は楽だけど、生徒たちにとってはとてもリスクがでかくなる。だってもしかしたら、めちゃくちゃな髪型にしてきて、登下校中に「あいつ、なめてる」と悪いやつらに目をつけられて絡まれて、意味なくぼこぼこにされるかもしれない。場合によっては命を落とす可能性だってなくはない。

就職活動のときにもうっかりその髪型で面接に行っちゃって、本来受かったはずのところを不採用になっちゃうかもしれない。めちゃくちゃいけてない、けばけばメイクをして超痛い感じになって恥をかくかもしれない。スカート短くしすぎてパンツ丸見えで歩いていたばっかりに、何かの事件に巻き込まれるかもしれない。そういうことに生徒がならないようにあるのが校則なんだとやっとわかった。

校則は、学校の、生徒への愛だ。学校は、生徒を守る義務がある。生徒の命が第一だ。そのためのルールが校則。それがやっと、わかった。

元ギャル（清楚系）からの提案

じゃあ、生徒たちは、生徒たちのためにある校則なのに、なんで守らないか？

先生たちも頭を悩ませていることだと思うので、元ギャル（清楚系）からひとつ、偉そうにアドバイスをしておきたいと思う。

生徒がなぜ校則を守らないか。それは、さっきも言ったけど「意味」がわからないからだ。学生だってバカじゃない。「意味がない」ものに、我慢して従うほど暇じゃないし、若者のモテたい欲にはそんなもの勝てない。私ももし共学に通ってたら、好きな男子がいるところにスッピンで行けって言われても、無理だ。そんなのマジで、地獄の状況（男子の前で化粧落とせ、はつらい。共学に通ってる女子高生たちの気持ちをお察しする）。ルールを守ってもらう、守らなくちゃと思わせるためには、そのルールには、どういう意味があるのかをみんなで考えればいいんじゃないかと思うんだ。

先生たちが教えるんじゃなくて、生徒たちと先生みんなで、考える。めちゃくちゃ話し合ったうえで、「これやっぱり、意味なくね？」というルールがもしあったなら、そのルールはなくすべきと思う。みんなで、そういうのを決めたらいいのに、と思うんだけどどうかな。生徒たちだって、意味があって、自分たちのためにあるものというこことが理解できれば、わりとちゃんと聞くもんだ。

先生たちが生徒とちゃんと時間を割いて向き合わないせいで（もっと言うと、先生たちが生徒たちにそれだけの時間を割けないくらい忙しくさせちゃってる制度やシステムのせい）、余計な時間をあとあと割かなければいけないことになる。それでお互いが「面倒くせえ」と思うことになる。それが今の学校でよく見られる光景だ。

校則にはちゃんと、ひとつひとつに意味がある。意味のない校則が、いわゆるブラック校則ってやつなんじゃないか。そんなものはなくしちゃえばいい。むかつくだけだし、教師と生徒間の信頼関係を傷つけるだけだ。

でも、世の中的に見て、「絶対意味ない」と思える校則でも、その学校にとっては意味があるものかもしれない。学校によって大事にしているものが違うし考え方も違う。だから、その学校の中で、先生と生徒で話し合うのが一番だと思うんだ。

先生に取り締まられていた元スーパー劣等生だからこそ、見える景色がある。命令文を使って支配しようとする前に、どうか生徒と信頼関係を築くことから始めてほしい、と全力で願っている。

生徒たちに「教えてやる」と上から目線の古臭い先生ほど、そういうことはへたくそだった。まるで何でも知ってる殿上人とでも思っているのか、というくらいの上から目線。こういう人とは特にあんまり話したくなかった。

命令文なんて使わなくても、生徒たちに「こうしてほしい」とひとこと言えばすぐに願ったとおりになる先生は、「ありがとう」が口癖のような先生な気がする。ちゃんと生徒に信頼されてて、人として好きって思われてる。

残念ながら、私は中学校高校時代に信頼できる先生に学校の中では出会えなかった。いつも怒られてばっかり、話なんて聞いてもらえなかった。裏口から帰ったのがばれて（下校するとき、やばい先生が校門に立っていたため）、次の日呼び出されて職員室の入口で、えりことふたりで正座させられていたときも、声をかけてくれる先生はほとんどいなかった。軽蔑したような横目で見ながら通り過ぎていった先生の名前は覚えてる。ほんとに先生みんなが私のことを嫌いだったと思うし、私も嫌いだった。だから、私は全然言うことを聞かないまま卒業した。ありがとう、と言いたくて、卒業式のときに探した先生は一人もいなかった。写真にも先生はだれも残っていない。

こういう経験を持っているからこそ、もっと上手に、先生と生徒がコミュニケーションをとれれば、どれだけ楽になるかがわかるんだ。もっと話を聞いてほしかった。認めてほしい、ちゃんと見てほしいだけだった。

でも、そんな私が、高校でのインターンを通して、大っ嫌いだった「先生」という職業の人たちの印象が変わった。職員室では、先生たちがずっとなにかを話してる。全部、生徒のことだ。生徒のことばっかり考えて、ああでもないこうでもない、と話している先生たちを見た。当たり前のことにやっと気づいた。

学校の先生っていう人は、「生徒の未来のために働いている人」だった。教科書どおりにカリキュラムを終わらせて、悪そうに見えるやつを追いかけまわして取り締まることが仕事なわけではなかった。

もっと、中高時代、先生たちと話せばよかった。そしたらきっといろんなことが変わっていた。坪田先生に出会うもっと前から、勉強の楽しさに気づけていたかもしれない。学校に来るのがもっと楽しかったかもしれない。そう思うと、あんなに一生懸命反抗ばっかりしていたのがばかばかしく思えてくる。

生徒にとって「先生」っていう存在は超でかい。だって、親以外のまわりの大人の代表的存在だから。生徒たちにとっては、オトナ＝先生だったりする。先生が楽しそうに生きてると、単純に、「早く大人になりたい！　楽しそう！」と思う（新陽高校の生徒はそう言ってた）。反対に、先生が全然イケてないと、勉強に対するモチベーションも下がるし、大人ってつまんない、となる。めっちゃ単純だ。

先生たち、どうかおもろいオトナでいてほしい。生徒たちのロールモデルで、いてあげてほしい。「あんなオトナになりてえ」と生徒たちに言わせるような先生が近くにいたら、もう、最高です。

そんで生徒諸君も、先生たちともっとたくさんお話ししてみて。「お、こいついいとこあるじゃん」と思える先生、結構いると思うんだ。私も当時はわかんなかったけど、先生になりたいっていうオトナは、意外と結構、いいやつ多いよ。

学校は絶対なくなっちゃいけない

登校せずにオンラインで学習する通信制の学校の生徒数が年々増えていく中で「学校ってもういらなくね？」という声もでてきてるのかもしれないけど、今になって強く思う。私は、学校という場所は絶対になくなっちゃいけないと思う。

学校は、ちっちゃな社会だ。いずれだれでも、社会に出なくちゃいけないときが来る。そのときのための練習の場が学校なんだと思うんだ。

社会に出ると、「なんだあいつ、マジ理解できねえ」と思う人に、結構な高確率で出会う。でも、そんなやつとも仲間として何かの達成を目指さなきゃいけなかったりする。

学校だってそう。ややつ、合わないやつと一緒のクラスになってクラスメイトとしてやっていかなきゃいけないことなんてめっちゃある。でも、暗記するよりなにより、私はこの経験、このコミュニケーションの試練を乗り越える経験こそ学校ですべきと思うんだ。

コミュニケーション能力が高い人がこれからの時代は絶対強くなる。だって、ロボットは人と人との直接的な関わり合いの中には入り込めないから。暗記はできても、人を気遣うことや、空気を読むことはロボットにはできない。友達と喧嘩すること、人の優しさに触れて感動したり感謝したりすることはできない。ロボットにできないことを、私たち人間にしかできないことをしなくちゃいけない。そういう能力を伸ばすには、学校ほど最適な場所はない。

オンライン上でなんでもできる時代で、なぜわざわざ超眠いのに、朝早く起きてみんなばかみたいに同じ場所に集まって、教室に入って椅子に座って、同じ空間にいなくちゃいけないのか。そこにもやっぱりちゃんと理由があることを、元ギャルは、高校インターンという経験を通して30歳にして理解してしまった。

みんな、育った家庭が違う。親も違う。育った場所とかもっといろんな違うものがある。だから、当たり前と思うことも、考え方も、好きな人のタイプも、好きな食べ物も、食べ方も、親との関係性も、経済状況も、ぜーんぶ違う。「これが普通」はない。人それぞれ違う。これを、たぶん、「個性」っていう。

環境だけじゃなくて、持って生まれたものも人それぞれ違う。私は生まれつき顔が真ん丸だが、妹は卵型の顔してる。私は色白で、妹は色黒だ（あんた日サロ行かなくてよくてうらやましいわとよく言ってた）。姉妹ですら全然違う。だからほかの人とはもっと違うに決まってる。

男の子は女の子が好きだとは限らないし、女の子は男の子を好きになるとも限らない。男の子同士、女の子同士で惹かれ合って付き合って、結婚したいって思うカップルもいる。これは個性の違いってだけ。

学校は「違う」を知れる場所だ。「違う」は悪いことじゃない。認め合うべきことだ。それが社会というんだと思う。自分以外をたくさん知って、なにが違うのかがわかってくると、自分のことがだんだんわかってくる。意外とみんな自分のこと知らないものだ。

いずれ社会に出て、生きていく私たちにとって、学校は、その練習の場所。だから、なくなっちゃいけないと思う。でも、学校行きたくなければそんなに無理して行かなくても、いいとも思う。その代わり、学校以外の練習の場を、ちゃんと探すんだよ。

偏差値は「生きる力」にはならない

私が大好きな曲で、ウルフルズの「僕の人生の今は何章目ぐらいだろう」っていう曲がある（私の結婚式のとき、あのゆうやさんが余興でギター弾きながら歌ってくれた）。

学生のときの私と、今の私は当たり前だけど全然違っていて、そのときわからなかったことが、今ならわかる。そんなことばっかりだ。ビリギャルで描いてもらった受験の経験は、私の人生のほんの一部。たった1年半の出来事だ。それ以外の時間でもっと多くのことを、原体験と出会いを通して学んできた。

私は、1年半で偏差値を40くらい上げて（28→71）、慶應義塾大学に入って、そのことでたくさんの方に知ってもらえるようになったんだけど、でも、偏差値が高いっていうだけじゃ、社会では通用しないということもよくわかった。

社会に出ると、「偏差値はおいくつですか？」なんて聞かれない。大学名すら聞かれることって少ない。いい大学行ったら安泰かというと全然そんなことない。東大卒業したって会社に行けなくて困っている人だっている時代だ。じゃあ、なんであんなに多くの人はいい大学に入りたがるのか。どうして親はみんないい大学に入ってほしいと思うのか。

私は得意なものとか、人より詳しいものとか、何もなかった。ワクワクするものも、「イケメン」とか「なんとなくキラキラした世界」とかそんなばっかり。でも、それでいいんだ！　そんなんでいいから、とにかくワクワクできるものに挑戦するってこと、してもいいんだ！　ときっかけをくれたのが坪田先生だった。

別にいい。きっかけがジャニーズでも、「モテたい」でも、「だれかを見返したい」でも、なんでもいい。とにかく行動を起こさない限り、何も始まらないってことだけは、変わらない。

受験は環境選び。勉強はツールでしかない

そして、私からひとつだけ助言するとすると、ワクワクするものがなにもない人、得意なものがなにもない人は、受験を頑張るのはひとつ、アリだと思う。私は、受験ってめちゃくちゃ便利なシステムだと思っている。受験は究極、暗記しまくった人の勝ちだ（あ、でも今後、大学入試の内容が変わるから、暗記しまくったら合格できるテストじゃなくなる予定みたいだから注意して）。結局どれだけ努力したか、だ。才能とかセンスがさほど関係しない領域なんじゃないかと思う。

この、受験や試験に頼らない生き方ってどんなか。例えばイチロー選手みたいにスポーツの世界で一生生きていく人。絵や音楽でお金を稼ぐ人。車とか、アニメとか、なにかのスペシャリストになってその分野で生きていく人。いろんな人がいるけど、試験に頼らない生き方は、「死ぬほどの努力＋運とセンス」がないと生きていけない。試験に受かるよりも何倍も厳しい世界だ（と、思う。やったことないから、わかんないんだけど）。

それでも、これで食っていきたい！　と思えるものがあるって、超恵まれてる。私、そういう人にすごく憧れる。そういう人は、相当な覚悟が必要だけど、その覚悟ができるくらいのものがあるなら、勉強なんてしてる時間あったらそっちに費やしたほうがいい。

でも、私みたいにそういうものがなにもない人は、「いい大学に頑張って入る」という選択肢は、自分の世界を大きく広げてくれる、確実で手っ取り早い方法のひとつだと思う（少なくともいまこの瞬間はそう言い切れるけど、10年後はどうだかちょっとわかんない)。頑張って勉強してなかなか入れない大学に入るとなにがいいか。くりかえしになっちゃうけど、素敵な出会いがいっぱいある。頑張らないで生きていた人生よりはるかに、刺激をくれる出会いにたくさん恵まれて、そこからどんどんまた世界が広がる。出会う人の質が変わるんだ。

進路を決めるってことは、環境を選ぶってことだ。どんな環境に自分の身を置くか。これだけで、結婚相手も変わってくるし将来住む家も乗る車も変わってきちゃう。進路を決める、を甘く見ちゃいけない。まわりの大人に流されて、適当に決めると後で後悔することになるかもしれない。

大学行くか行かないか、それも含めて自分でちゃんと考えて、決める。どんな大人になりたいか、漠然としていていいから、ちゃんと考えて自分で決めること。じゃないと、失敗したときにだれかのせいにしたり、「あの人はそういう才能に恵まれたからできただけだよ」とか言いながら、成功してるように見える人を妬みだしたりして、めちゃくちゃダサい感じになる。自分の人生だもん。自分で全部、決めていい。

本当の性教育とは

ある日、保健体育の先生に授業をしてほしいとお願いされた。「今日の授業の範囲が結婚・出産なんだ。さやかちゃんの話をきかせてあげられないかな」。性教育についての話をしてほしいとのことだった。「僕が話すより、さやかちゃんの話のほうが生徒たち聞くと思うからさ」

確かに、独身の男性教員が話すよりも、まだ私のほうがいろんな話ができそうだな、と思った。だし、たぶん日本ではこういう話を男性がするのは、ちょっと難しいかもしれない。

人によっては、というか、たいていの先生はこういう話題は避けたがる。特に女子生徒がいる場所では、みんなめちゃくちゃ言葉を選ぶ。だから、大切なことがちゃんと伝わらないで授業が終わる。かといって、ダイレクトな言葉を使うと、「セクハラだ」とか言われかねない。

とくに恋愛経験があんまりないモテないおじさん先生とか、危ない。空気感とか距離感間違っちゃうと本当にセクハラになっちゃいそうだ。すごく難しい。このとき私に授業を頼んでくれた先生はそういう先生ではなかったけど、私も生徒の反応に興味があったし、引き受けることにした。

私が生徒だったら、と考えた。そういえば、保健体育ってそんなこともやったっけ。教科書開いて、セックスだとかコンドームだとか、「下ネタ」系の言葉を見つけては、友達とみんなで「見て、ちょーうける」って言って笑って、先生がどうやってこれを話すのか上から目線で眺めて、バカにして、飽きたら教科書閉じてほかのことやるか、寝る。高校生のときの私の姿が目に浮かんだ。

教科書に「避妊は絶対にしましょう」と書いてあることで、「よし、避妊は絶対にしよう」と思える学生って、どのくらいいるんだろう。まじで、意味ない。先生たちがそもそもそういうことをダイレクトに伝えたり向き合ったりしたがらない。恥ずかしいこと、と思ってる。でも、そのせいでシングルマザー率が高くなってたり、貧困家庭が増えていたり、そういう解決しなくちゃいけない社会問題につながっているんだとしたら、これめちゃくちゃ深刻な問題だ。

欧米なんかは学校で、セックスのこととかお金のこととか、ちゃんと学ぶらしいって聞いた。数式や年号をそのまま暗記することよりも、そういうリアルに自分たちの人生に直結しているもののほうが、聞いとこ、と思うし、生きていくうえでよっぽど大切そうだ、と学生だってわかる。なのに、どうしてちゃんと教えてもらえないのか（厳密にいうと「ちゃんと聞いとこう」と生徒たちが思うような伝え方をしないのか）。この年になって、よりその必要性を感じている。

問題は、高校生たちは「知った気」になっているってことだ。なんなら、おじさんやおばさんよりも知ってる、と思ってる。私もそうだった。そこじゃないのに、もっとその先の大切なことを知らなきゃいけないのに。昔の私は大きな勘違いをしていたんだ。

性教育は、命に関わることだ。そのことがちゃんと伝わらない限り、その保健体育の授業は、時間の無駄でしかない。だから私は、建前の言葉じゃなくて、まっすぐな言葉で、大事に、伝えようと思った。

妊娠しても、ほんとに大丈夫？

そのクラスは、学校の中でも問題児とされている（本当はそうではないんだけど）子も多くいるクラスで、手を焼いている先生もいるようだった。普段、授業を真面目に聞かない生徒も多くいるという。私は教壇に立って、今日は「結婚と出産」というテーマでみんなに私からいろんな話するねーと、ゆるーくあいさつをした。

何度も言うけどこのころの生徒たちは、性に対して興味はあれど、ちゃんとした知識がない。知識はないのに、興味ばっかりあるのだ。初めて彼氏彼女ができたのも、このころだ、という人が少なくないはず。だから、一番危険な時期と言える。年ごろの子たちが、男女問わず、彼氏彼女ほしーって思って、あの子好きかもーってなって、付き合おーってなって、エッチしよーってなるのは、とても自然なことで、悪いことじゃない。仮に好き同士じゃなくたって、同意の上であれば関係ない。人間だもん。そんなきれいごとばっかり言ってられない。

「迂闊にやるなよ」とか「付き合ってる人以外やらないほうがいいよ」とかそういうんじゃなくて、私が強調したいのは、「意味をちゃんと、わかっておけよ」ということだ。

やりたきゃやればいいと思う。それで傷つくのも、ひとつの経験値になる。それで学んで、もっといい恋愛ができるようになって、自分の幸せに近づくのであれば、「意味なかった」時間にはならない。でも、そこにはちゃんと「命の問題」がつきまとっていることを認識しておくべきだと思うんだ。

特に学校の外に自分の世界を持っている子は、出会いが多い分ちゃんとした知識と、そこに伴うリスクを知っておくべきだし、その上で自分の意志を持ってないと、危険にさらされることになりかねない。ノリが悪いと思われたくない、好きな人に嫌われちゃったらどうしよう、と思ってはっきり言えなかったりして、往々にして女の子がリスクを背負うはめになる。私を含めて、私のまわりの友人たちの間でも、そんな話はしょっちゅうあった。

彼氏の家に泊まった翌日、学校休んで急いで産婦人科に駆け込み、モーニングアフターピルという、妊娠を妨げる薬を飲んだこともある。これが、副作用が強くて、一日気持ち悪くて動けなくなる。いつだって、こういう思いをするのは女だ、ふざけるな、とそのとき、吐き気で嫌になりながら思った記憶がある。

だからこそ、このころの子たちが性に対して軽はずみな行動をとったり、いろんな、極めて大切なことを軽視してしまいがちでいることが痛いほどわかるし、だからこそ、ちゃんと伝えてあげなくちゃ、と思うんだ。「さいてー！　そんな男、絶対別れたほうがいいって」と、これまで何人の友人たちに言ってきたことだろう（そういう私も結構言われたことあるんだけど）。

子どもができると、産むか、産まないか、の二択だ。産んだら？　どれくらいのお金がかかるか、子育てってどうやってやるのか、それでどのくらい大変なのか、みんな知ってる？　私は、全然、知らなかった。30歳になって、まわりの友達が子ども産み出して、私にも甥っ子ができて、まわりに実際に小さな子どもを育てている人が増えてきて、やっとわかった。

一言で言うね。やばい。想像以上に、「子どもを育てる」って、めちゃくちゃ大変なことだ。ひとりじゃ絶対無理なこと。産むだけでもお金かかるのに、育てるのはもっとお金がかかるらしい。

子どものために清潔なお部屋に住むために、家賃もかかるし、食費も増える。寒くても暑くてもだめだから、いつもより光熱費もかかる。お洋服は毎日信じられないぐらい汚れる。だから、洗濯する回数も増えるし、服も買わなくちゃ。それで子どもはすぐ熱出したり病気する。それでなくても、少しでも異変を感じたら、不安になってお母さんはすぐ病院に連れて行く。医療費もかかる。子どもを預けるためには保育園に払うお金もいる。自分は預けている間休めるかというとそうではなくて、多くのお母さんたちが、保育園に払うお金を稼ぐために、その間必死に働く。

「産後鬱(さんごうつ)」って言葉がある。子どもを産んで、うれしいことなはずなのに、思ってたより大変で、わからないことが多すぎて、お母さんがつらくて、鬱になっちゃうっていう現象。子どもは、お母さんひとりで育てるのは本当に大変なことだ。お父さんや、まわりにいろんな助けてくれる人がいて、やっと子どもを育てることができる。そうやって、子どもが大きくなってきたら「あれが欲しい」とか「ここに行きたい」とか、言い出す。それを叶えてやるためにもまた、お金がかかる。

そう、子ども育てるって、めちゃくちゃお金がかかるらしい。父ちゃん母ちゃんに偉そうにあたっていた自分をひっぱたきたい気持ちになることと思う。当たり前に自分にしてくれていたこと、自分にあったものは、当たり前じゃなかった、ということ。

お金だけじゃない。知識もいる。生きる知恵と言ったほうがいいかもしれない。保険とか、貯金とか、教育とか、いろいろだ。勉強ちゃんとできる人は、こういうところで少し楽ができる（勉強って、暗記じゃない。こうやって生きる力になるんだ）。本来、子どもを産む前に、こういうことを知っておくべきだ。産んでみないとわからないことだらけなんだけど、それでも、最低限、「めちゃくちゃお金がかかる」ってことと、「まじで思ってるより大変らしい」ってことくらいは、知っておいたほうがいい。

子どもを授かることは、奇跡だ

じゃあ、産まないって選択をしたとき、病院に行って、人工妊娠中絶をすることになる。人工妊娠中絶ができるのは、妊娠して約4か月まで。妊娠21週までだ。これを過ぎると、手術はできない。産むしかない、ってことになる。母体に危険すぎるからだ。それくらいリスクのある手術を受けなくちゃいけない。ちなみに手術には、10～15万くらいかかる。高校生には決して安くないお金のはずだ。

そして、何よりも、自分のお腹に宿った子の命を、自分で亡くしてしまうという経験は、できれば、一生しなくてもいい経験だ。これだけは、まじでなくていい経験値のひとつだと思ってる。特に女の子には、一生、深い傷が残る。なかったことには、絶対に、絶対にできないんだ。忘れられない傷になる。お金とかそんなのよりも、とっても大きな問題だ。女の子は、こんなつらい経験をしちゃいけないし、男の子は、こんなつらい経験を女の子にさせちゃいけないんだ。双方が、ずっとつらい思いをしなくちゃいけなくなる。

女の子だけがしっかりしてるだけじゃダメで、「じゃあ、もしこれで子どもできちゃったら、どうする？　責任とれる？」ってふたりで考えておくべきだ。いちいちそんなことしてられるか！　となるなら、ちゃんと避妊をするべきだ。避妊はそのためにあるんだ。

女の子を「大切にする」ってどういうことなのか。どれだけ顔が良くても、大事なところで責任がとれない男は本当に残念だ。教室で、ぼーっときいている男子に強く、強く強調した。

30歳になって、わかったことがある。あんたたちくらいの年のときは、私もわからなかったこと。なんとなく知ってたのに、ほんとの意味で理解できていなかったこと。それは、「子どもができるって、本当に奇跡なんだということ」だ。

なんか、なんとなく、子どもなんて望めばすぐできる、と思ってた。でも、違う。

子どもが欲しくて欲しくてたまらなくて、でもどうしても子どもが授からない人がいる。たくさん、いる。毎日病院に通って、注射打っては血を抜いて検査して、お薬飲んで、痛い治療をたくさんして、たくさんお金をかけて、夫婦で喧嘩もして、それでもできない人が、たくさんいるんだ。それが原因で、一緒にいられなくなる夫婦もいるくらいなんだ。

「子どもを授かる」ということは、涙が出るくらいうれしいことで。そうあるべきことなのに、「子どもができちゃった」から、だれかが、だれかに謝らなくちゃいけないことは、絶対にあってはいけないことなんだ。

この世に生まれてくるはずの命を、私たちの身勝手な行動で、なかったことにはできない。なのに、その命を、天国にお返ししなくちゃいけないってことは、そのふたりにとって、きっと、一生残る心の傷になる。その傷は、たぶん、癒えることがない。そういう深い傷が残る。それを、ちゃんとわかっておかなくちゃいけない。あなたたちの年齢だからこそ、しっかりわかっておかなくちゃいけない。相手を大切にするって、どういうことなのか。男の子がちゃんと考えなくちゃいけないと思う。あなたたちは日々、命と向き合っているんだということを、自覚して付き合うべきだと思う。

まだあどけない顔して、化粧もへたくそで不自然に髪の毛をぐるぐる巻いている女の子たち（昔の私にそっくりだ）と、なんか変な髪型してる男の子たちに、願いを込めて、一生懸命、伝えた。いま、ここにいるってことは、産んでくれたお母さんがいて、血を分けたお父さんがいるってことで、これは奇跡なんだということ。だから、絶対に、好きな人を傷つけるようなダサいことはしないように、そしてその命を、大切にしてほしい。大切に、生きてほしいと、恥ずかしいくらい、泣きじゃくりながら、話をした。

いつもまじめに授業を聞かないというそのクラスの生徒たちは、みんな、真剣に聞いてくれていた。チャイムが鳴って、「じゃあ、おしまい！」と言って教室を出たら、女子生徒がふたり、追いかけてきた。なにも言わずに私の手をぎゅうって握ってくれた。なんにも言わなかったけど、なんかが、ちゃんと伝わったんだなって、思った。

性教育は、命に関わる、一番大事な教育だ。教科書なんかじゃ、伝わらない。もっとちゃんと、大人が、リアルな声でまっすぐに、目をそらさずに向き合って、伝えるべきだと、そのとき思った。

性教育は、その下の世代にも、その下の世代にも連鎖する。性教育を怠ることは、まだ見ぬ子どもへの虐待と一緒だ。教育は愛だ。性教育は、子どもたちにとって絶対に必要な愛だと、思うんだ。

第6章 ◆ 家族のいまと、私のこれからのこと。

親子のかたち

ビリギャルと言っていただけるようになり、多くの親子と接する機会をもらった。お父さんもお母さんも、子どもも先生も、みんな悩んでる。親は子を、子は親を想って、悩んでる。みんなだれかを想って、悩んで、つらくて、泣いてる。だけど、そこにはちゃんと愛がある。形はさまざまだから、ほかの人にはわからなかったりするけど、その人なりの愛がある。

お母さんがみんな、ああちゃんみたいなお母さんじゃないことは、わかってる。私だって、ああちゃんみたいなお母さんにいきなりなれる自信なんてない。「さやかちゃんはいいね。素敵なお母さんに恵まれて。うちは違う」ってたくさんの学生が言ってた。でも、私たちはちゃんと親を選んで生まれてきてる。どんなお母さんでもお父さんでも、やっぱり大好きなんだ。他のどんなお母さんお父さんよりも、一番。

私のインスタグラムには毎日何通ものダイレクトメールが届く。学校で講演会をした後なんかは、２００通くらい届く日もある。全部ちゃんと読んで、なるべくひとつひとつに何かしらは返すようにしているんだけど、ある女の子からこんなメールが届いた。

「このまえはうちの学校で講演してくれて、ありがとうございました。とても、胸に響いて、感動しました。ひとつ、相談があります。私のお母さんは、私がしゃべるとイヤホンをしたり、テレビの音量を上げたりして、私を無視します。それでも、お母さんとどうにか仲良くなりたい、と思って晩御飯を作って一緒に食べたりと、私なりに努力してきたつもりです。でも、それでもお母さんは私を見てくれない。それが耐えられなくて、先日おじいちゃんちで私だけ暮らすようになりました。お母さんのことは忘れよう、忘れようと思っていたけど、さやかさんの講演を聞いて、やっぱり私もお母さんと仲良くなりたい、という気持ちが出てきちゃって。私は、どうしたらいいですか？」

どんな言葉をかけてあげればいいのか、わからなかった。その後、彼女とはたくさんやり取りした。お父さんは？　兄弟は？　その後お母さんから連絡は？　やり取りしていく中で、いろんなことがわかってきて、それでもなんて言ってあげればいいのか、正直わからなかった。私にはそういう経験がないから。そんな人の言葉は、彼女にとって意味あるんだろうか、とすごく悩んだ。

親子には、いろんな形がある。でもきっと、どんな形でも、その人なりの愛がある、と私は信じてる。だから、お母さんを信じてあげて、としか言えなかった。いまは無理に、向き合わなくていい。これ以上、自分を傷つけなくていい。だけど、いつかまた必ず、お母さんと今よりももっといい形で会えるときが来る。そのときのために、あなたはあなたの人生を歩んだらいい、あなたの世界を、自分の手でつくればいいよ。いつかお母さんにまた会えたときの自分は、今の自分より全然イケてて、胸を張って話ができるように。そのときはきっと、ちゃんと話を聞いてくれるお母さんになってるって、信じて頑張ろうね。

はい、そうします。という彼女からの返信は、絵文字がたくさんついていて、明るく見えるものだった。それがまた、胸を締め付けた。家の外で、ロールモデルとなる大人と出会えるように、たくさんの人と出会ってね。必ずそれはあなたを大きくしてくれる。

そして先日、こんなメールが届いた。「さやかさんとお話ししてから、保育士さんになりたいって思ったんです。少しでもいい家庭を作るお手伝いをできたらなって思って。だから今、資格をとる勉強をしてます！」。彼女は今、私が札幌で主催するイベントに、高校生ボランティアとして参加してくれている。もっとたくさん面白い大人と出会わせてあげたい。私にできることは、それくらいだ。

親御さんからも、学生からも、こういう生の声がたくさん届く。そのたびに、親子というものを考える。私が知らない、知りえないことが世の中にはたくさんあって、完全に共感はしてあげられない。でも、悩んでて、困ってる人の何かの希望になれるのなら、私がそうなりたい、と思うようになった。たとえ全員とは直接会えなくても。ビリギャルは、そのために生まれたんだと思ってる。

「ビリギャルで人生変わりました」そう言う声が、私に毎日勇気をくれる。元スーパー劣等生で、坪田先生に出会ってなかったら、名古屋から一歩も出てなかったかもしれない私は、母の子育てと、ワクワクさせてくれる大人との出会いのおかげで、とっても広い世界があるんだってことを知れた。そして、生きるって、自分次第でめちゃくちゃ楽しくできちゃうんだ！　ってことを知ったんだ。

たくさん迷惑かけちゃったからこそ、わかること

講演会は、今では私にとってなくてはならない時間になった。同じ空気を吸いながら、私の話をたくさんの人が聞いてくれる。昔の私は、こんなこと想像もつかなかった。

まわりの大人は誰も話をきいてくれなかったような問題児だった私が、その経験があるからこそ、たくさんの人に伝えたいことがいっぱいあって、そして信じられないくらい最高なことに、ちゃんと聞いてもらえる。

学生のとき、講演会なんて魔法みたいに眠くなるだけの時間だと思ってた。でもいざ自分が話すようになって、回数を重ねていくうちにどうやったら眠くならずに聞いてもらえるかなんとなくわかってきて、みんなが笑いながら泣きながら聞いてくれるのがうれしくて、伝えたいことがあふれてきちゃって（時間内に終わらせるのに必死）、そんで最後の拍手が、あったかくて、毎回泣きそうになるんだ。

「ビリギャルってそういうお話だったんだね」「映画も本も見る気なかったけど、帰り道に本、買って帰るよ」「サヤカちゃんでできたんだもん、私にもできるよね？私も慶應行く！」

そんな声をたくさんきかせてもらうと、ああ、私、慶應受かってほんとによかった、と心の底から、思うのです。こんなに多くの人が耳を貸してくださる時間をもらえることは本当にラッキーで、これからも、大切に大切に伝えていきたいと思う。

私の話を聞いて、笑って、泣いてくれてるたくさんの後輩たちと親御さんを見て、間違ってない、ってまた次に進む力をもらう。そして、もっといろんなことを知りたい、できるようになりたい、って、そういうみんなが私に思わせてくれた。

だから、この本を書こうと思った。ひとりでも多くの人に届け。ああちゃんがしてくれたこと。坪田先生が教えてくれたこと。旦那さんとの時間で知ったこと。今の私をつくってくれているたくさんの人と、たくさんの出会いと、たくさんの原体験でわかったこと。それを後輩たちの未来につなげたい。

私は坪田先生と出会って、「あ、それも、いいんだ」と世界を広げられたけれど、まわりにそういう存在がいない後輩たちにとって、この本が少しでも役に立てたら幸せだ。講演会や本は、小さなきっかけに過ぎないけれど、それでも、「出会わない」に比べたら、とんでもない違いなんだ。

「脱」呪われた家族

「あなたの前に、今、神様が現れたとします。そして、光る銀色のプラチナチケットをくれました。そこにあなたがしたいことを書けば、実力や環境、そして希望の結果をもたらしてくれる。そんなすごいチケットをもらったあなたは、そこになんと書きますか？」。これは、野球を一生懸命やっていた弟が、野球をやめたとき、坪田先生が深夜のデニーズで弟にしてくれた質問だ。

弟には、野球しかなかった。物心ついてからそれまでずっと、野球一筋の人生だった。その野球をやめることは、きっとすごく勇気のいることだったと思う。当時の彼は、野球をやめたら、あとは、なんにも残らなかった。そんな弟は、この質問にこう答えた。「なにもない」。書きたいことがなにもないんだ、と泣きながら、ずっとうつむいて。俺なんて、どうせ無理、ばかだから。って。

私は胸がぎゅうってなった。今思えば、自己肯定感が低いって、こういう状態のことを言うんだと思う。弟がまさに、そうだった。本人の意志ではなく、だれか別の人の意志でなにかをやり続けるとどうなるか、彼が体現したのだった。

2時間待ったけど、なにもない、と言い続ける弟に、坪田先生はこう言った。「何年かかってもいいよ。君ならちゃんと、このチケットに書きたいものを自分の力で見つけられる。大丈夫だ」

あれから15年くらいたった。彼はそれから、いろんな職を転々とし、友達に裏切られて傷ついては、本当の友達がどんななのか、だんだんとわかってきて、ちょっとずつ笑ってる時間が増えていって、顔がどんどん、変わっていった。それは、離れて暮らす私にも、わかるほどだった。

23歳のときに子どもが生まれ、4年後には2人目が生まれて、いまは4人家族のお父さんだ。最初は全然子育てとかわからなかったし、仕事行くにも一苦労だった弟は、いろんな人に支えられて少しずつ大人になった。

「あんた今だったら何書く?」と30歳ちかくなった弟にきいてみた。

「俺ね、おやじを越える経営者になりたいんだ。おやじのことずっと憎んでた。俺の人生めちゃくちゃにされたって思ってた時期もあった。でも、いまはおやじを誇りに思うんだ。あんなに、人のために頑張れる人、そういないってわかったんだ。俺はバカだし、漢字も読めないし、計算も早くないし、知らないことがたくさんだけど、人のことは、おやじに負けないくらい大好きだ。だから俺は、おやじが安心して引退できるように、おやじを越える経営者になって、おやじの会社の後を立派に継いでみせる。そんでね、俺やっぱり、おやじにほめられるのが一番、うれしいんだよね」って笑って言うんだ。泣かせるやん。知らないうちに、思ってた以上に、弟はいっぱいいっぱい成長してた。

そういう弟から今ではよくメールが届く。ねえちゃん、こういう本読んでみようと思うんだけどどうかな、とか、今日店でこんなことがあったんだ、とか（弟はいま父がオーナーを務める名古屋の飲食店で店長をしている）、キラキラした目で話してくれる。チケットに書きたいことなんてない、と言っていた弟とは別人だ。

彼を「わが家の大黒柱でーす！」と言って弟の腕にしがみつき、いつでも弟を立ててくれて、尊敬して愛してくれるギャルの奥さんと、パパがスーパーマンだと信じ込んでいる２人の息子が、彼の自己肯定感を復活させたんだと思うなあ、とあちゃんが泣きながら言っている。

私の弟は必ず立派な経営者になる。なぜなら、自信がない人、心が弱ってる人の気持ちがわかるからこそ優しく理解してあげられるから。そしてどんな人にも必ず可能性があることを彼は、自分の原体験で知っているから。そして、人にたくさん迷惑をかけちゃってきた人は、そのご恩を忘れないものだ。

人を傷つけようと思って傷つけるのはだめだけど、意図せず、結果的に人に迷惑かけちゃった！　ならしょうがない。それを忘れなければ、若いときなんて、迷惑かけてなんぼだ。そっちのほうが、将来的には、立派なオトナになれちゃうかもしれない。私の弟みたいに。

末っ子の妹は、現在外資系の会社でイキイキ働いている。大学卒業後、大手航空会社に入社。4か月でやめてきた。「意味わかんないルールばっかりでつまんないし、みんな悪口ばっかり言うし、耐えられない」とだれもが憧れる就職先をいとも簡単にやめてきた。そんなときも、ああちゃんはやっぱり、「うん、まーちゃんがそれがいいなら、それがきっと一番いいよ」と言ってた。パパは、せっかくそんないいところに入れたのに、もったいないなあ、なんて言っていた。

そのあと、半年ニートをして、たまたま本当に奇跡的に、彼女にぴったりの就職先に巡り合い、今に至っている。「おねえちゃん、前の会社じゃ考えられないことが毎日起こるんだよ。朝のミーティング中にみんなコーヒー飲んだり朝食食べながら話をするんだよ。オフィスは超かっこいいし、お客さんもみんなイケてる人ばっかりで、あんな環境で働けるなんて夢みたい！　給料も前より全然上がったし、なにより最高の仲間と働けるって、私やっぱり本当に運がいいわ」。高校3年間で培った英語力と姉に負けないコミュ力で、彼女も日々、自分の世界を広げている。

昔は、「あんたの家族、呪われてんじゃない？」と友人に言われていたような家族だったが、今は「ほんと仲いいね」と言われる家族になった。今は、それぞれみんな成長し（一番成長したのは父だと思う）、お互いを尊敬しあっている仲でいられていると思う。

家族って、近すぎて、特に若いころはありがたみがなかなかわからなかったりする。私の父は、男兄弟で育ったので女の子の扱いが本当にへたくそで、母にも私にも（一番下の妹にだけは超絶甘い）優しく接するということがなかなかできなかったらしい。でも結局、パパも寂しかったんだろうなあ、といまではよくわかる。気の毒だったなあ、と。

私たちの一言一言が、パパの自尊心を傷つけて、パパはそのたびに烈火のごとく怒った。それで私たちの溝はどんどん深くなっていったんだけど、なんかすごくシンプルに、パパがいないとダメなんだよ、私たちの大好きなパパなんだよ、的なことをちゃんと言葉や行動で伝えてあげられていたら、パパはきっとめちゃくちゃでっかい優しさを存分に家族に注げたパパでいられたんじゃないかと思う。

ああちゃんは、子どもたちの自己肯定感を育む天才だったけど、夫の自己肯定感を上げるのは、45歳を超えるくらいまではなかなかできなかったようだ。ああちゃんもそのことを最近になってようやく認めた。だから、「パパちゃん、ありがとう、パパがいないと、だめなんだなあ」がいまのああちゃんの口癖だ。それで今、とても幸せそうな穏やかな父を見ては、なんだ、言葉ひとつで、人ってこんなに変わるんだなあ、とつくづく思う。

今では、私も仕事やらプライベートで悩むと父に電話をしたりする。私が離婚するとき、パパがこんなことを言ってくれた。「ふたりが、信じる道を進んだらいい。さやからしく、あればいい。パパはずっと、彼を息子だと思ってるよ。ふたりが夫婦であったことは、まぎれもなく素晴らしいことだった。ふたりとも、これからさらに、輝いてください」。このとき、胸につかえていたものが取れた気がした。父はやっぱりスーパーマンだ。だれよりも頼れるし、いつもこうやって助けてくれる。

そして、私のこの「人が大好き！」の性格は、まぎれもなく父譲りなんだ。人のために何かするのが大好きな父が、昔はすごく嫌だった。家族には意地悪ばっかりするのに、外面ばっかりいいんだよな、と。でも、今では、そんな父を誇りに思っている。「僕の自慢の奥さんです」とうれしそうにああちゃんを知人に紹介している父を見て、やっぱり家族っていいな、と思うのだ。

家族だって、成長していけばいいんだ！

家族って、こうやって成長していけばいいんだ、と私は自分の家族に教わった。結婚したときを誕生日にして、1年後1歳になって、2年後2歳になって、10年後は10歳、30年後は30歳。夫婦だって家族だって、最初は赤ちゃんみたいなヨチヨチ歩きだ。グラグラで当たり前なんだ。そこでもまた失敗しながら、ちょっとずつ出来上がっていけばいい。家族はそうやって成長していくんだ。

私の母は、「さやちゃんたちが、ああちゃんの宝物なんだ」と毎日、言った。ああちゃんの生きがいなんだ、と。子どもを育てるってことは、きっと、ものすごく幸せで、なにものにもかえられないくらいの人生の中で大きなもので、たぶんいまはまだ知らない感情が、子どもが生まれたら味わえるんだろうなあって、ああちゃんを見てきて、なんとなくずっとそんなふうに思っていた。

私はまだ、誰の親でもない。子どもでもない。先生でもないし生徒でもない。でもだからこそ伝えられることがたくさんあると思ってる。だからこそ、聞いてもらえることもたくさんあると感じてる。

私の夢は、「いつか世界一幸せだと思えるような家族を築くこと」だ。最初はダメダメでも、私がいつか死ぬときに、また来世も絶対家族になりたい！　って思える家族をやっぱり作りたい。そしていつかは、私もお母さんになりたい。自分が産んだ子どもでなくてもいい。「子どもを育てる」という経験をすることは私の夢だ。

きっと最初は全然うまくいかないことばかりと思う。でも、それでいい、とああちゃんが教えてくれた。

「ああちゃんね、自分のことダメ人間だとずっと思ってたんだけど、さやちゃんたちが、ああちゃんに生きる価値を与えてくれたんだ。子育ては自分育てなんだ。ああちゃんはさやちゃんたちのおかげで、お母さんになれて、自分がダメ人間じゃないと思えるようになったんだ。子育ては、自分育てなんだ。ありがたいなあ」

煙草で無期停学をくらったとき、「先生、でも、こんなにいい子いないじゃないですか」と、目にいっぱい涙をためて訴えてくれた母を見たときにできた夢。それから一度も、変わってない。世間体や見栄なんてどうでもいい、子どもをどんなときも信じきってあげられる母になりたい。

ああちゃんがそうしてくれたように、私も子どもに、そうしたい。

3年前、私は「保育園をつくりたい！」と騒いでいた時期があった。幸せな子どもを増やすには、自分の思いを詰め込んだ保育園をつくって、親御さんに寄り添いながらたくさんの子どもたちの成長をそばで支える仕事がしたい、と思ったからだった。言いまわってたら本当に叶いそうになったんだけど、保育の基礎もないのに命を預かる事業を始めちゃっていいんだろうか、と直前で思いとどまった。

「自分の子どもがかわいければ、全世界の子どもを愛すべき」。ああちゃんがよく言ってることだ。わが子さえよければいい、というのは本末転倒で、自分は子どもより先に死んじゃうから、自分が死んじゃったあとも、わが子が幸せに生きられるように。たくさんの人に愛されて助けてもらえるように、すべての子どもたちとその親御さんを大切に思うこと。血がつながっていなくても、すべての子どもたちの未来を想うこと、って。

いま、子育てしづらい社会だとか、少子化だとか言われているけど、私はシンプルに、「子育てって超楽しいし、最高じゃん」ってことを、自分も体感して、それで、言いまくりたい（違うって思ったら、そう言う）。

もちろん、そのためには社会のいろいろ、いろんなことがもっと整備されなくちゃいけないのはわかってるんだけど、でも、子どもがいないと始まらない。子どもを育てることは、未来をつくること。学校は未来をつくる場所。家庭と学校と地域が連携して、みんなで子どもたちを育てていけたら、どんなにみんながハッピーでいられるんだろう。

親だけで育てるなんてナンセンスだし、結構無理だ。みんなで、育てればいい。そっちのほうが１００倍いい。だれかがだれかに責任を押し付けることもなく、だれかに依存することもなく、子どもたちにはたくさんのメンターがいて、お母さんもお父さんも自分の人生を存分に生きられて。そんなイケてる大人の背中を見て、子どもたちは勝手にいろんなことに興味を持って、学んで、自分の足で歩いていく。広くて明るい世界にどんどん出ていくんだ。近くにそんな環境がある子どもって、超幸せだなあ、って妄想しています。

ビリギャルは奇跡なんかじゃない。ああちゃんが、自己肯定感という栄養満点でフッカフカの土を、長い時間かけてつくってくれた。そこに、坪田先生というワクワクさせてくれるオトナとの出会いが、種になって植えられた。

そしたら、芽が出てとっても大きい花が咲いた。

私がもともと頭良かったから、できたんじゃない。まわりの環境が、その力をくれたんだ。それをみんなに、伝えたかった。

環境は選んでとりにいくことができる。今まわりにそれがなくても、自分でとりにいけるんだ。だから、人生は自分次第なんだ。

ほんのちょっとの勇気と行動力を持ってほしい。そして、たくさんの人に応援してもらえるように、助けてもらえるように、愛される人になるんだよ。

「生きる力」とはなんなのか、なにも知らなかった私に教えてくれた、全ての方に心から、感謝します。

書ききれないありがとうを、この本の、最後に。

まず、ここまで読んでくださった方に全力のありがとうを伝えたいです。ありがとうございました。貴重な時間をここに使ってくれて、本当にまじでありがとう、大好きです。

きっと、人それぞれ、価値観も違えば環境も違うから、いろんなことを思ったと思う。だれも、だれも傷つかない本にしたい。そう思って書きました。でも、ごめん、もしかしたら、この本を読んで、胸をぎゅうってして、つらくなっちゃった人もいるかもしれない。怒れてきちゃう人も、いるかもしれないなあって、思います。

インスタのダイレクトメールで、高校生から、こんなメールが来たことがあった。

「ひとりひとり、環境は違います。叶えたい夢があっても、環境のせいでつらい思いをしている子どももたくさんいるってことを知っておいてください」

みんながみんな、さやかちゃんみたいに前向きに生きていくなんて、できないよ。

ってことだと思いました。わかるよ、とは言えなかった。私は、その子の環境がどんなのか知らないし、私はその環境で育ってきてない。なのに「わかるよ」なんて、わからないのに、言えないなあって。

でも、それでも伝えたい。自分の人生を、どうか、諦めないでほしい。どんなにつらくても、「なんで自分ばっかり……」って悔しくて涙が毎日出てきちゃっても、自分次第でそれは変えられる。環境のせいにして、諦めてほしくない。

私のまわりには、えええ？ってびっくりするような、本当につらい環境に生まれて、育って、それでもこんちくしょうで頑張って、死ぬ気で頑張って、這い上がってきた人たちがたくさんいる。その環境、その経験とそのときの言葉にできない想いがあるからこそ、ここまでこれた、ってみんな言う。私、そういう人には勝てない、っていつも思う。すごいパワーなんだよ、本当に。それでそういう人ってね、とっても力強いのに、とっても優しいんだ。

環境は人それぞれ違う。でも、私たちには、自分の意志で動かせる体と、「考える」ってことができる頭脳がある。それをどう使うかで、人生は変わる。

親のせい、先生のせい、環境のせいにするのは簡単だけど、それでも立ち上がって死ぬ気で頑張って、人生を切り開いていっている人たちが、事実、たくさんいる。

私は、これを読んでくれたあなたにも、そういう人になってほしいんだ。悩みはだれにだってある。挫折は、のちのち必ず、あなたを大きくしてくれる大切で必要な経験になる。たくさん傷ついて、たくさん泣いてきた人は、その分強いし、優しいんだ。だから、大丈夫。必ず、だれかに必要とされるかっこいいオトナになれる。自分の人生だもん、妥協しないで、最高な人生にしてください。そういう想いを込めて、書きました。

ひとりでも多くの、幸せな子どもを増やしたい。それが今の私の夢です。そのために、自分自身もいつかはお母さんになりたいし、学校教育ももっとイケてるものになってほしいし、もっと笑ってるお父さんお母さんが増えてほしい。でも、私にできることなんて限られてる。私にできないことなんてない！　と思って生きてきたけど、大人になるにつれて、自分の無力さに打ちひしがれることも増えてきた。

でも、だから、私はこれからも学び続けたい。それはもう暗記なんかじゃなくて、毎日いろいろ考えて、自分のこと、家族のこと、未来のこと、友達のこと、社会のこと、いろーんなものを見て考えて、これからも自分の世界を広げていく。それでそれが、どうやったらもっとよくなるか、悩んで、考えたとおりやってみて、失敗して、落ち込んで、で、また考えて、またやってみて、って、なんかすごく遠回りかもしれないけど、それが、学び続けるってことなんだと思う。

そういう人生は、たくさんの人が応援してくれるってわかったから、孤独ではないし、そういう人生は、最高に楽しいってことも、わかった。

学校を出たら、もう勉強しなくていい、なんて、嘘だ。とんでもない。そこから超むずい勉強が始まる。「答え」がないんだ。ないから、しょうがない、自分で見つける。でも自分ひとりではなかなか答えにたどり着けない。だから、いろんな人に助けてもらって、いろんな人にいろんなことを教えてもらって、なんとなく、「これかな？」っていう正解を見つけていく。そうやって人は、成長していって、生きていく。

この本を書いていて、改めて、そんなふうに思いました。坪田先生に、友人たちに、メンターたちに、元夫に、そして、家族に、多くのことを教えてもらった。この本にそれを詰め込んだ。私のこれまでの人生のこと、そこでわかったことを読者のみなさんが拾ってくれて、それをあなたの人生にも活用してもらえるヒントになるように。

死ぬ気で頑張って、暗記しまくって慶應に入ったことは、奇跡でも何でもないと思ってるけど、「ビリギャル」って呼んでもらえるようになったことは、奇跡に近いものだと思っています。だって私、これに関しては何にも努力してないんだもん。神様がなんか、言ってる。なんて言ってるか、なんとなくだけど、わかってきた気がしています（スピリチュアルな話ではない）。

私の最高の家族へ。自分たちのことさらけ出すことは、勇気のいることです。私のわがままに、いつも大きな心で付き合ってくれてありがとう。昔は、なんでこんな家に生まれちゃったんだろう！　なんて泣きながら思ったこともあったけど、とんでもなかった。家族って最高だなあって思わせてくれる私の家族へ、ありがとう。ひとりひとりに、でっかいリスペクトを一生送り続けます。

元夫とご家族へ。本当に、ただ、出会ってくれて、ありがとうございました。家族になれたこと、一生忘れません。ずっと、大好きです。

坪田先生へ。いつも、出会ってからずっと私の本当の兄のように、温かく導いてくれて、ありがとうございます。次は私が、先生が私にかけてくれた想いを、後輩たちにつないでいくね。先生に初めて会ったときのワクワクは、死ぬまで忘れない。あれが、いまもずっと、パワーの源になっています。

平塚千栄さんへ。ビリギャル出版のときから、私の第二の母のようにいつでも想いをかけてくださり、この本も、平塚さんなくしてはできなかった。本当にありがとうございました。愛と正義にあふれた平塚さんのような女性と出会えたことを、泣きたいくらいうれしく思っています。

私の原稿を読んで、「こんな原稿を読めて、幸せです」と言ってくださり、サポートしてくださったマガジンハウス書籍出版部の広瀬桂子さん。いつもまっすぐな言葉で導いてくださったおかげで、嘘のない、まっすぐな本が書けました。ありがとうございました。

そして、先に言っておきます。この本を、読者の方に届けるために想いをかけて頑張ってくださる、まだ会ったこともない方も含めたすべての人へ、そして、この本だけでなく、これまでの作品（ビリギャルの原作やああちゃんの本、映画、イベントすべて）、これまで関わってくださったすべての人へ。心からのありがとうありがとうありがとうを伝えたいです（今いろんな人の顔が浮かんでるんだけど、書ききれなくて困ってる）。

後輩たちへ。あなたたちは天才なんだ。勉強できなくても、運動神経悪くても、どんくさくても、人と話すのが苦手だと思っていても、でも、ひとり残らず、みんな、天才なんです。あなたのその能力を発揮できる分野を探して、やってみなきゃわかんないっしょ！　と飛び込んで、失敗しまくって、ちょっとだけでも成功して、それを何回も繰り返して、どうか、私の人生マジ最高！　と言える人生にしてください。

目をキラッキラに輝かせて生きていく、そんな子どもたちが増えるように、あなたたちがまずは、キラッキラなオトナになってね。なれるよ、大丈夫。

みなさんに、よりたくさんのHappyが訪れますように。願いを込めて。

小林さやか

小林さやか　こばやし・さやか

『学年ビリのギャルが1年で偏差値を40上げて慶應大学に現役合格した話』（坪田信貴・著）の主人公＝ビリギャル。1988年3月生まれ、名古屋市出身、東京都在住。高2の夏に小学4年レベル、偏差値30の学力しかなかったが、その後、1年半で偏差値を40上げ、慶應義塾大学に現役で合格。卒業後はウエディングプランナーとして活躍、2014年にフリーランスに転身。現在は全国での講演活動やイベントの企画運営をしながら、札幌新陽高校にて「校長の右目」という役職でインターンをするなど、多岐にわたり活動。2019年春より、教育学の研究のために大学院に進学。

キラッキラの君になるために　ビリギャル真実の物語

二〇一九年三月二八日　第一刷発行
二〇一九年四月一〇日　第二刷発行

著者　小林さやか
発行者　鉄尾周一
発行所　株式会社マガジンハウス
〒一〇四－八〇〇三　東京都中央区銀座三－一三－一〇
書籍編集部　☎〇三（三五四五）七〇三〇
受注センター　☎〇四九（二七五）一八一一
印刷・製本所　中央精版印刷株式会社

 ISBN978-4-8387-3042-1 C0095